後宮の男装妃、
龍を貫く

佐々木禎子

双葉文庫

後宮の男装妃、龍を貫く

前章

乾清宮《けんせいきゅう》の龍床で過ごした春の夜——翠蘭《すいらん》は床に横たわる義宗帝《ぎそうてい》の上にのしかかるように身体を重ねた。

なんでまたこんなことに、と動転したのはよく覚えているが、そこに至るまでの状況がどうであったかについては、いまとなっては曖昧《あいまい》だ。

義宗帝は上に乗った翠蘭に声をあげて笑い、

「私を押し倒した責任を取り、私の上に乗ることを許す」

と許可を与えた。

その際に、義宗帝が翠蘭の頬に手をのばし、愛おしげに触れたことだけはしっかりと覚えている。

義宗帝は見目麗しいだけではなく、声もいい。彼は、動揺した翠蘭をなだめるように甘い声で、低く話しかけた。おかげで、いつのまにか翠蘭は自然と彼の声に耳を傾けていた。

「どうやらこの国は呪われているらしい。その話をそなたにしたかった」

義宗帝が翠蘭の耳に流し込んだのは睦言《むつごと》ではなく大きな謎であった。

触れあうことでざわめいて熱をはらんだ翠蘭の肌が、彼の語る内容を理解するにつれ、ゆっくりと冷えていった。

1

義宗帝が閨で語りだしたのは、翠蘭の心を蕩かす言葉ではなかった。

翠蘭は義宗帝に抱きしめられながらこの国の成り立ちについての考察を聞いたのであった。

「私たちは龍の末裔《まつえい》であった。この国の成り立ちは呪いである。我ら龍は、宮城《きゅうじょう》と華封《かふう》という国に取り込まれ大きな呪詛《じゅそ》の仕掛けとして命をつなぐ――という手記を歴代の龍たちが宝和宮《ほうわきゅう》の書庫に残していた」

翠蘭は義宗帝の身体に寄り添う形で上に乗り、彼の口元に耳を押しつける。ひとことも聞き逃してはならない。

「手記……？　華封の過去の記録はすべてなくなったのではないのですか？」

「ああ。かつての大戦で燃えたと伝わっている。が、夏往国《かおうこく》との国境は戦乱で荒れたが、丹陽城《たんようじょう》は破壊されていなかったのだ」

私はずっと、失われた書物は夏往国が持ち去ったのだと思っていた、と義宗帝は重ねる。

「夏往国は、華封の皇帝の一族に流れる力を怖れ、そして欲していた。秘密を探るために史書や手記、さまざまな書物を持ち去ったのだ、と」

だが、違ったのだと義宗帝がささやいた。

「もちろん夏往国も手記を持ちだした。が、重要な史書のほとんどは夏往国の者ではなく、華封の皇帝と官吏たちの手で燃やされたらしい」

「らしい？」

「百五十年前、華封国が夏往国に敗北したときの皇帝の手記を信じるならば」

「百五十年前というと……？」

「惜帝《せきてい》だ」

華封の国は、広い国土に悠々とした大河が流れる豊かな水の国だ。

東にあるのは世界に開かれた港。西にあるのは乾いた砂漠の国である理王朝《りおうちょう》と神国《しんこく》。北は険しい山岳地帯と冷たい氷の大地に阻まれていて、南の国境に面しているのは計丹国《けいたんこく》と夏往国だ。

華封は、ずっと南と西の国との小競り合いを続けてきて——最終的に百五十年前に、夏往国との戦いに敗れ、その属国となった。

以来、華封の皇帝は夏往国の傀儡《かいらい》に成り下がった。

皇帝は、実質の権力を持つことなく冠をその頭に載せ、後宮で妃嬪《ひひん》たちを侍らせる。

皇帝に望まれるのは常に「次の子を成すこと」のみ。

皇后となるのは夏往国から嫁いでくる娘であった。皇后、そして後宮の妃嬪たちが皇帝とのあいだに成した子は、皆、隣国の夏往国に連れ去られ、そこで育てられる。

「百五十年前――夏往国に敗北した皇帝は名を奪われた。彼は『惜帝』という名で語られる。たかが百五十年前のこと。されど、たいていの人は、百年をこえて生きぬのだ。惜帝の名は、しるされず、私たちはその真名を知らない」

知らなかったが、それでも彼はそこにいたのだ、と義宗帝がつぶやく。

惜帝の真名は徳基《とくき》。彼の手記を信じるのなら、惜帝は『龍の力』を持っていなかった、とある。

「彼は『自分には龍の力がない。奇跡を起こす力は私にはない。自在に龍をあやつれない自分は当たり前の戦をするしかなかった。華封は私の代で戦に負けるだろう。夏往国が求めているのは我が国土でも民でもなく、龍の力だ。龍の力は、強大なもの。最強の兵器になり得る力――龍の秘密を他国に漏らしてはならない』と、重要な書物のうちのいくつかをひと目に触れぬよう燃やしてしまった。そのうえで、水で濡らさねば見えない文字で、自分の名と自分の知るこの国の成り立ちについて手記にしるした。水で濡らさねば見えない染料は、華封の龍が代々、次の龍に伝えてきたものであったらしい。後を継いだ龍のみがその秘密を知り、白紙と見える史書を作成し、次代につないだ」

惜帝のその手記も含め、外廷にある宝和宮書庫に残された書物のいくつかは〝白紙〟であった。

「惜帝の代の敗戦により龍が特殊な文字を綴《つづ》る染料についての知識は途絶え——私も知らないでいた。だから、建国より長きにわたって書庫に置かれた白紙の書物は、未記入のまま放置された歴代の皇帝の日記だろうと思われていた。が、実は、白紙の書物は、水に濡れると文字が浮き上がる細工をほどこされていたのだ」

義宗帝が説明する。

代々の皇帝たちが水に濡れると文字が浮き上がるようにしたのは、理由がある。

龍の力は、すべて水にまつわるものだから。

惜帝は知恵のある龍であれば、いずれこの白紙の書物を読み解くだろうと未来の皇帝に託した。実際に、義宗帝は誰に教わるでもなく、読み解くに至った。

「惜帝以前の代々の龍たちは次代の龍に向けて白紙の手記を綴り、宝和宮に置いていった。彼らは同じ言葉をくり返し記載した。いわく——『この国は水と陰の気に呪われている。龍の力は、呪いである。この呪いを解く方法を生涯をかけて研究したが、かなわず、次代につなぐ』と」

「誰が呪ったのです？」

翠蘭はひそめた声で聞き返す。

翠蘭の言葉に反応し、義宗帝の手が翠蘭の背中にまわる。幼い子どもを寝かしつけるときのように、とんとんと軽く背中を叩く。

龍床の様子は常に宦官《かんがん》たちに見張られ、記録をとられている。隣室で耳を澄ましている宦官たちに聞こえないようにするには、身体を密着させ、小声で会話するしかない。

「龍の乙女だ」

義宗帝の言葉に翠蘭は目を瞬かせた。

「え？」

「手記によると、この国には、龍の乙女と呼ばれる〝大きな力を持つ者〟が、かつて、いたのだ。人では、ない。おそらく、その呼び名の通りに〝龍〟であったのだろう。華封は水の国だ。川の氾濫や災害に苦難してきた歴史がある。その災害の際に、龍の乙女は、水にまつわる、不思議な力を使った。――私のように――歴代の皇帝龍たちのように」

義宗帝は静かな声でゆっくりと語る。

「いや、違うな。龍の乙女は、私よりもっとずっと強く偉大だったはずだ。彼女は龍でありながら人と結ばれた。そして夫君のために、川の氾濫を止め、大河の流れを変え、水龍をあやつり、近隣の国を平定し、後周最後の皇帝から禅譲《ぜんじょう》を受けている。それが華封という国のはじまりだ。華封の初代皇帝は、龍の乙女であった」

遠い昔の話だ——と義宗帝は、ここではないどこか遠くを見つめるような目をして続ける。

「華封の高位の貴族たちは、龍の乙女を、敬うと共に怖れた。だから、華封の高官のひとりが、龍の乙女の夫君をそそのかし、龍の乙女の子を、彼女の手から奪った」

「夫君をそそのかして、子を奪った？」

義宗帝が小さくうなずいた。

「そうだ。華封の初代は龍の乙女。二代目はその夫君。三代目の皇帝——武帝は、龍の乙女の子だ。私が見た手記のはじまりは武帝のしるしたものだ。龍の乙女の夫君はただの人でしかなかったらしいが、武帝は母と同じに、龍であった。母ほどの力ではないが、水にまつわる力を持っていた。だから高官たちは、夏往国が我ら華封の龍にしているのと同じように、幼いうちに母の手から奪い、高官たちに忠実であるように育てた——らしい」

「らしい？」

「手記にしるされたものは龍の乙女にまつわる記述はすべて、武帝が聞いた伝承を書き写したものと、長じて後の、武帝の推測である。だが、夏往国で育てられた私にとっては納得のいく推察である。いまの私と同じだからだ。私も親から離され、夏往国に囚《とら》われ、育った。夏往国に従うように、と。華封国のはじまりから、私たちは、御しやすい龍として育てられてきたのだ」

義宗帝の口元に皮肉っぽい笑みが一瞬だけ浮ぶ。

だからこれは私なりの伝承の解釈であると義宗帝が続ける。

「そうして、貴族たちは、幼い武帝を人質とし、龍の乙女を後宮に封じた。龍の乙女の力を減じるために、龍脈を切断させた後宮を設計し、呪術を巡らせ、後宮に閉じ込めた。龍の乙女は、あらがわず、黙って、命じられた通りに後宮に引きこもったらしい。けれど、貴族たちは口約束だけでは安心できなかった。道士に命じて、後宮だけではあきたらず、彼女をこの国に閉じ込めるためのおおがかりな呪詛までおこなったのだというから、笑ってしまう。自国に呪詛の装置を作るなど」

愚かだと、吐き捨てるようにそうささやいた。

「それで、龍の乙女は、この国に囚われることになった。龍としてあがめられていた乙女は、人と結ばれ、龍の姿を捨て、愛する子の命を人質にとられ、国の虜囚《りょしゅう》となり、最期に、自分を封じたこの国に呪詛返しをほどこし、自死をした」

「自死？」

翠蘭はさっきから聞き返してばかりだ。

「これもまた、手記を信じるなら。――封じられ、子を取られ、龍の乙女は今際の際に、華封を呪った。そして、子である武帝は、龍の力を引き継いだことで、自らが人質となり母を後宮に封じる要因となったと知って、己の力を〝呪い〟とみなした。私もまた、この力を、いまとなっては忌まわしいものだと感じている」

「それは……そうかもしれないですが」

翠蘭は混乱する。大きな話すぎて、すぐに呑み込めないことばかりだ。

「水は陰陽の、陰の気に属するもの。私が幽鬼を見ることができ、祓《はら》えるのも、私の力が陰の気に属するものだからであろう。幽鬼は陰だ。——私は、龍の霊廟にいると、自分のなかに力が満ちていくのが、わかる。あの場もまた陰の場だ。龍にとっては居心地のいい場所で、安らげる場としてあえて陰の気に満ちた造りになっているのだと私はずっと思っていた……のだが」

それは思い違いであったらしいと義宗帝が眉をひそめて、ささやいた。

「霊廟は、龍を癒やす場ではなく、この国と後宮にかけられた呪いの増幅装置として建築されているように見えると、玉風《ぎょくふう》が言っていた。この後宮の方位はおかしいと。特に、龍の霊廟は陰陽の陰の気に満ちすぎている。造作も、位置も、なにもかもが地相学的に不吉な位置に作られているらしい」

「玉風さんが解き明かしたのですか？」

玉風は才人の地位を賜った妃嬪である。彼女の養い親が道士で、彼女は道術や巫術《ふじゅつ》、地相学に詳しい。

「ああ。私が玉風に後宮内の古い殿舎を個別に与えたのは、彼女が巫術に長けているからだ。卜占《ぼくせん》、道術、呪術、地相学。私は彼女に教えを請うている。私はつくづく呪術について浅学であった。生まれつき幽鬼を見る力を持ち、祓うこともできてしまったがため、巫術について学ぶ時間をとらずに過ごしていた。他に学ぶべきことが多すぎて、できることについては後回しにしていたことをいまさらになって悔やんでいる」

玉風によると——と、義宗帝が続ける。

「この宮城も、この国も、大きな呪いにとらわれているように見えるそうだ。彼女が地相学の知識をもってひもとく後宮や宮城の設計についての疑問は、水に濡らすことで浮き上がる文字でしるされた史書や手記と一致する。私は彼女に龍たちに伝わる白紙の書物と、その内容についてひと言も伝えていない。それでも——玉風は、歴代の龍が綴ってきた事実と同じ〝呪い〟を指摘した。この後宮と城、国そのものが水の力にとらわれ、呪われている、と」

義宗帝はなにかに観念するかのように一瞬だけ目を伏せた。

「実際のところ、霊廟を作るように命じたのは、手記によると、三代目の龍である、龍の乙女の子——武帝だ。母から引き離され、宰相の一族に育てられた武帝は、母——龍の乙女を、知らない。けれど、武帝は、幼少時から、母である龍が、後宮をさすらう姿が見えていたらしい。自分を慕うように己が身体にまつわりつく〝他の者には一切見えない龍〟と共に育ち、武帝は、龍に関わる伝承を熱心に集めた。そうして、幻とも思えたその龍が、母の魂魄《こんぱく》ではないかと思い至った。そのため、壮年期、武帝は、高官たちに詰め寄って、母を祀《まつ》るための霊廟を作るよう命じた。しかし、武帝は、霊廟の完成を待たずに没した。武帝の手記は途中で途絶え、次代の龍が後をついだ」

「………」

「武帝の次の皇帝――幼き少帝がしるした手記はつたなく、とりとめがない。少帝によると、三代目である武帝は、龍体となり、災禍を起こし、宰相の一族が名のある道士が作りだした〝神剣〟を用いて龍を鎮め、建設した龍の霊廟に封印したと記載されているが――どこまでが真実かはいまとなっては不明だ。なにより、少帝は、育つことなく幼いときに亡くなったので、どこかおとぎ話めいた記述しか残っていない。少帝は宰相たちに言われるがままの施策を行った。そのため、龍の霊廟は武帝の願いとは真逆の、龍の乙女の魂魄と力を封印するための呪術の霊廟となった」

「どうしてですか？」

翠蘭の質問に義宗帝は思案するように首を傾げる。

「思うに――おそらく貴族たちは、武帝が、幻の龍を見たことで、恐怖したのだ」

とにかく宰相の一族を含め、華封の貴族たちは、霊廟と後宮の封印を強めたのだと、義宗帝が低い声でささやいた。

「宰相の一族をはじめ、貴族たちは、龍の乙女が封印を解いて復活し、自分たちを祟ることを怖れているように手記からは読み取れる。自分たちに見えない〝龍〟を目視する武帝の存在に戦《おのの》いたのだ。武帝が本当に龍体となって荒ぶったのか、それとも人の身体のままだったのかは不明だが、どちらにしろ、武帝は壮年期以降、暴君となったのだ。武帝の死は、自然なものではなく、貴族たちがもたらしたものであろう。武帝を殺したのは神剣だ」

絶句する翠蘭を見て、どうしてか義宗帝は淡く微笑んだ。義宗帝は、翠蘭には理解できないときに、笑みを浮かべる。

「そうして、武帝も、死後、龍の霊廟に封じられた。以来、歴代龍たちは、死して後、皆、あの龍の霊廟に封じられることになってしまった。――武帝はいいとして、少帝は、龍の乙女についての記憶もなく、父なる武帝に対しての気持ちも薄かったらしいから、死後とはいえ、共に閉じ込められて、不満を抱いているかもしれないな」

だが、霊廟の設計を良しとしたのは少帝なのだし、龍は死後、龍の霊廟に祀ると決めたのも少帝なのだから仕方ないことだと義宗帝が諦観《ていかん》した言い方でまとめる。

「少帝以降の龍は、武帝が見たという〝幻の龍〟の姿を見たことがないらしい。それを言うのなら、私も、さすらう龍の姿を見たことがない。龍の魂魄は、道士たちの呪法により、龍の霊廟の底に、正しく封じられたのだ」

手記によると、少帝を悩ませたのは、さすらう龍ではなく、陰の気にとらわれた幽鬼の群れだと義宗帝が続ける。

「霊廟も、後宮も、華封という国も、龍の乙女を封じるために、陰の気を持つものを鎖につなぐ呪術の回路を幾重にも組み立てた。水は、陰陽の陰である。そのためなのだろう——龍を封じ込める呪術をほどこされた後宮に、陰の気が溜まっている。幽鬼も陰陽の陰である。陰の気を持つ者たちは、呪法のせいで、後宮から出られない。少帝以降の龍は、後宮に陰の気が満ちすぎることを懸念し、幽鬼たちを祓うことに尽力した。しばらくのあいだ歴代の龍たちが不安を抱いたのは、龍の魂魄ではなく、後宮の幽鬼の群れと——国に溢れる陰の気だった」

陰といえば、水だ。

「長らく、川の氾濫は華封国の課題であった。龍の乙女と、武帝は、水であればどんなものでも、どれほどの量であっても、扱えたようだ。しかし、武帝以降、大河を制御できるほどの龍は長らく生まれなかった。そのせいなのか、時を経て、健帝の時代、華封国の大河は何回か氾濫し、災害が起きた。それを、ときの高官、貴族たちは——龍の乙女の呪いだとみなした」

つまり、と、義宗帝は結論づける。

つまり、龍の乙女をたばかった宰相の一族とその子孫たちは、自分たちが、悪事をしてのけた自覚があったのだ。

龍の乙女から子を奪い、自由を奪い、閉じ込めた。

罪の意識を持っていたからこそ龍の乙女が華封という国にかけた呪詛を重くとらえた。

そして歴代の龍たちに災禍の責任を問うた。

皇帝ならばこの国の災禍を止めろ、と。

いつのまにか災禍に対応する儀式ができあがっていた。

神剣で皇帝を屠り、次なる龍に望みを託すという形で――。

「健帝は病を得て早くに退位し、次代の龍に玉座を譲る。新しい龍は、氾濫する大河に治水工事を完工し、穏やかに時を重ねた。けれどその次の龍は、また龍体となって荒ぶり、神剣に屠られた。隣国との戦争の記録がしばし続く。次は経済についての手記。歴代の龍たちの試行錯誤がしるされているので読み応えがある。しかし、こうなってくると、どこまでが作り事で、どこまでが真実か、手記を読むだけではわからない。遙か昔の話だ。どちらにしろ、結局、歴代の龍はずっと人びとにとって皇帝の地位についた〝生贄〟であったのだ。強い力を持つ龍は神剣で殺され、力のない龍もまた神剣で屠り、次代の龍に水を制御させたのだろう。さて――」

さて――話を戻すと、三代目である武帝が集めた龍神の伝承では、龍は、自らを封じた相手を呪うし、祟る。

「手記によると、龍の乙女も、この国を呪ったとされている。夫君に裏切られ、子を取られ、封じられたのだ。呪ってもおかしくない。けれど、その段階で、龍の乙女の呪詛が本当に華封という国に作用できるほど強大なものだったかどうかは、あやしいと私は思う。現に、華封建国から後、華封を滅ぼしたのは龍でも呪いでもなく、夏往国であった。呪詛ではなく現実が我が国を支配した。それはそなたも知っていることだね？」

「はい」

「だが、かつての宰相の一族と貴族たちは、現実ではなく呪いを怖れていたのだ。夏往国との戦いに負けるまでの華封の貴族たちと高官は、現実世界ではなく〝龍の乙女の呪い〟にとらわれ続け、災害のたびに後宮に呪術を施すように提案をしていた。不思議な話だ。手記によると、歴代の龍の何名かは、道士たちの提案を呑んだ。彼等は龍の乙女が蘇り、国を祟ることを怖れた。しかし一方で、その真逆に、龍の乙女の伝承を哀れみ、後宮の龍脈をつなげようとし、封印を解こうと尽力した龍も、いた。そもそも呪いなどどうでもいいと思い経済と貿易に注目する龍もいた。歴代の龍たちの思惑はさまざまだった」

結果として、この国はとても発展し――そして、この後宮は、呪術的に、ひどく歪なものとなり、呪いの力を増幅させていったのだと、義宗帝は言う。

「意味が……わかりません」

翠蘭のつぶやきに、義宗帝が小さくうなずく。

「私も正直なところ、わかっていないのだ。ただし〝現実として〟華封国は豊かな国となり、けれど戦争に負け、夏往国の属国となった。そして私にとっては幽鬼たちも、水をあやつる力も〝現実〟なのだ。私という龍の末裔は、呪いのような龍の力を保持し、幽鬼たちと対峙し、水をあやつる。私は、現実の世の中と、幻の世の中の、両方を見ている」

「……はい」

「幽鬼が見える私にとっては、呪いも、現実だ」

「はい」

「この国は龍の乙女によって呪われた。龍の乙女と歴代の龍は、貴族たちの不安と恐怖によって、龍の霊廟に封印された。その後、さまざまな思惑が交差し、後宮は、龍脈を絶たれ、呪われ、あるいは過去の呪術を解除され、そのほころびの補修のための新たな呪術も施され——玉風いわく、後宮も宮城も、地相学的には複雑怪奇な設計になり果てているらしい。そのうえで、いまの霊廟には歴代の龍が、いる。龍の乙女だけではなく、陰の気を放つ歴代の龍たちが封じられている」

　時を重ねることで、最初は力を持たなかった龍の乙女の呪法が、完成されてしまったのだ——と義宗帝が憂う目でつぶやく。

「いまや華封の後宮は、途方も無い呪具となって、手をつけかねると玉風は言っていた。信じたくなかったが、地相学でも、道術でも、華封は呪詛の国であるようだ。龍の力は、恵まれたものではなく——呪いであり、どうやら、私を含めた歴代龍のこの陰陽の陰の気に満ちた力が、幽鬼たちに鎖をかけてこの地につなぎとめている」

翠蘭は、義宗帝の細い絵筆で丁寧に描いたかのような整った顔をじっと見つめる。

「幽鬼がいようがいまいが、私以外には見えない。見えない限り、私以外の者たちにとっては、どうでもいいものだと思っていた。が——呪術を極めた道士の見える世界では、そういうものではないらしい。陰の気も集ると力になると玉風が言う。ひとつの器に収められる以上の力が満ちてしまったら、後は、溢れだすだけなのだそうだ。玉風の見立てによると、このままでは華封は封印された歴代龍の力を含め、陰の気が満ち満ちて、滅びる」

「ごめんなさい。よくわかりません……。滅びるって具体的にどういうことでしょう。どこかと戦争になるとか、皓皓党のような反乱軍にやられてしまうとかですか？」

「それであれば私にも対策ができる現実の話だ。が、呪術というものが力を持つ幻視の世界では——封じられていた龍の乙女が水龍として姿を現し、華封を呪い、壊す。手記にしるされた言葉を借りるなら〝星ぼしも月も水に覆われ地と天が覆〟える。未曾有の災禍が華封を混乱に導く」

「未曾有の災禍ですか？」

思わず声が高くなった。

途端、義宗帝が翠蘭の身体を引き寄せ、くちづけた。

「……っ」

唇で唇を封じられ、声が吸い取られる。

あたりに静寂が戻ると同時に義宗帝の唇が遠ざかる。

「大きな声をあげるのならば、もっとなまめかしい声音にしておくれ。ここは龍床。隣室で宦官たちが昭儀《しょうぎ》のふるまいに耳をそばだてている」

「は……い……」

頬が火照って熱いが、恥ずかしがっている場合ではない。

「落ち着いたなら話を戻すよ、我が剣」

「はい」

「災禍については、玉風の見立てである。〝このまま放置するのなら、いずれ〟という未来の話だ。いますぐでは、ない。けれど遠い未来というわけでもなさそうだ。私に見えている後宮も、華封も、すでに陰の気に満ちている。龍の霊廟という器に封じられる龍体が増えれば増えるほど、封印の器を破壊する力が強くなるのだというのなら――私が死んで霊廟に安置されて後、この国が揺らぐかもしれない懸念がある。私は、自分で言うのはなんだが――強い」

強い龍なのだ、と、義宗帝は、憂う言い方で続けた。

「――華封の龍は不死ではない。先代龍たちは皆、龍の霊廟に祀られているであろう？霊廟があるのは、彼らが死んだからだ。そして、私も龍の末裔である。いつか死ぬ。かつて人相見に占われた言葉を信じるならば、私は、そなたという神剣に刺されて、死ぬのであろう」

なにを言っているのだと思う。縁起でもないことを、こんな体勢で、たとえ「口をふさぐこと」を目的としたものであっても接吻をかわした後で、言わないで欲しい。

無言で義宗帝を睨みつけると、翠蘭の眉間に、義宗帝の指がのびた。

「もちろん、なんらかの対策をしてから、死のうと思っている。私には幽鬼が見える。不思議な力を持っている。だからこそ、私は、呪いや祟りというものを信じているのだよ。現実の、人が目にしている、戦争や経済についても皇帝は施策を打たなくてはならない。それとは別に、人が目にすることができない、呪いや祟りにおいても、龍は——考えるべきだ。私の死が引き金になって華封が壊れることを、私という龍は、望まない」

相変らず笑いながら言うような内容ではないのであった。

義宗帝は結局——龍の末裔で——だから人とは違う観点で物事を思案する。

人の心と龍の心はところどころが一致し、ところどころはすれ違う。

「人相見は、私の龍体が国に災禍をもたらすという不吉な未来を予言したものであったのかもしれない。そうならないように、私は、霊廟に祀られ——封じられることなく——野で、死にたいと願う。そなたにだけ看取られ、死んでいくのも悪くない。そなたは私の魂魄のことは考えることなく、龍体も形見も持ち帰らず、焼き捨てよ」

つ、と、皮膚を引っ張り「可愛い猿が、いつになく難しい顔になった。眉間に深いしわができているよ」と、小さく笑う。

「そんな顔をされるようなことを言ったつもりはないのだ。私の人生は、人相見の予見の通りに、たしかに、そなたと出会うことではじまったような気がする。だから、そなたには感謝している。私は、そなたと会うまでは、龍の心しか持たなかった。けれどいまはわずかながら、人の心というものも知ることができたのだ。私は、そなたのことを愛おしいと思っている」


――あなたはいつか得難い剣を手に入れる。

そこからはじめてあなた自身の人生がはじまる。

ひとつの国を滅ぼし、ひとつの国を救う。

あなたの剣はあなたを救うが、最後にあなたを貫くのも、また、その剣だ――

それが人相見に託された義宗帝の運命なのだと彼は言っていた。

「どうして……」

声が勝手に溢れた。

「さて、どうしてであろう。そなたを特別に愛おしいと思う心が、いつ、どういう理由で湧いたのかを私は知らない。ただ、気づけば、私のなかにそなたへの気持ちが積み重なっていたのだ」

「そっちを聞いたんじゃなくて」

翠蘭の言葉は乱雑になった。

「どうしてそんなことをそんな顔で言うのかって、聞いたんです。人相見の告げた運命なんて、くそくらえだわ。卜占とか人相見に覆せない暗い未来を告げられたところで意味がないんです。予言は、嫌な未来を回避したり、ひっくり返したりするためにあるんです。私は陛下を生かすために剣をふるいます」

押し殺した声で早口で言うと「それでこそ、我が神剣だ。だから私はそなたが愛おしいのだろうな」と、義宗帝が破顔した。

濡れた漆黒の目が柔らかく、細くなった。目元に感じのいいしわが刻まれた。義宗帝はたいてい儀礼的に口元だけで笑うので、こんなふうに笑いじわが浮かぶことはめったにない。

翠蘭の手が義宗帝の目元のしわに、のびる。自分がされたように、彼のしわを指先でなぞり、ほどく。

義宗帝は笑みを頬に張りつかせたまま、翠蘭の背中に手をまわし、優しく髪を撫でつける。彼の触れ方は、とても繊細だと翠蘭はいまさら思う。小さな動物をなだめ、手なずけるやりかたで慈しむように触れてくる。

互いの身体がぴたりと重なり、翠蘭は、義宗帝の顔から手を離し、次に彼の胸に置いた。

翠蘭の手に、義宗帝の胸の鼓動が伝わる。

規則正しく、とくん、とくんと鳴っている。

──生きている。

ふと、思った。

義宗帝が生きているということを。そして自分もまた生きているということを。

胸の鼓動が、手のひらから、手首を通って、這《は》い上がってくる。

沈黙が落ちる。

──私はこの龍に生きていて欲しい。

義宗帝は翠蘭の身体を抱擁し、力尽くでくるりと反転させる。

互いの位置が逆になる。

義宗帝が上に。そして翠蘭が下に。

体重をかけないように配慮してくれているのか、押し倒されているが、彼の重みを感じない。

「……陛下？」

見上げる義宗帝の顔にもう、笑みは、ない。

「話の続きはまた後にしよう。いますぐ国が覆えるわけではない。かわりに、いまは、口づけの続きをしてもいいか？」

真顔であった。

「え……なんで、ですか？」

「私がそなたの真心に触れたいと願っているから。そして、いま、そなたが心底嫌がっていないからだ。──殺気もなく、私を好ましく感じ、柔らかく身を委ねたうえで、私の身体を愛しく思って撫でてくれた。私は人の心はわからないが、乙女の心だけは読み取れる。龍の末裔であり、後宮の主人としてつとめを果たしてきて得た才能だ」

「なんですか、その才能⁉」

言い返したが──考えてみると、義宗帝は後宮で何度も妃嬪たちに殺されかけている。殺気のなさや相手からの好意度を感じとることができなければ、生きていけなかったのだ。

そう思うと──翠蘭は彼の手を振りほどけなくなった。

「この先に進むことを、今宵、私に許して欲しい。そなたの許しがなければ、なにもしないよ」

皇帝は甘える目で、熱っぽく訴えてくる。さっきまで国の存亡の話をしていたのに、うってかわって突然どうして、と思う。気持ちのきりかえもできないし、いまさら照れるには身体の距離が近すぎるし──なにより胸が疼《うず》くのだ。

──妃嬪の私にひと言、お命じになればそれでいい。私は拒否ができないのだから。

皇帝が誰かに許しを請うことなど、あってはならない。いままで彼が他者に行動の許可を求めているのを聞いたことがない。

切なげに伏せたまぶた。甘く蕩《とろ》けそうな声。本気で翠蘭に許可を求めている状況に、頭の奥のねじが緩んでいく。

「……許し、ます」

とうとう翠蘭の唇から言葉が溢れた。

それ以外の返事が、思いつかなかった。

＊

華封の国──人里から離れた北の果ての銀州《ぎんしゅう》の山沿いの村。

四月である。

雪解け水が細い流れから急速に膨れ上がり、山の斜面を勢いよく駆けおりていく。長い冬の間に雪と氷の下に押し固められた土が、川に滑り落ちる。岩や土を巻き込みながら轟《ごう》音《おん》を立てて進む濁水は、この先、広々とした大河に流れつく。

濁流を見下ろし、川辺にひとりの男が立っている。

男の名は郭文煥《かくぶんかん》。

艶のない毛皮を羽織り、襤褸布《ぼろぬの》で腰をくくる姿は、山賊の装いだ。不健康に浅黒く灼《や》けた肌に、あかぎれだらけの手。周囲を油断なく見回す姿は逃亡者のそれで、将軍の地位を与えられ南都《なんと》で政治に携わっていたかつての面影は欠片《かけら》もない。

「昨夜、星が流れた」

文煥がつぶやく。

「司天台監が、昔、言っていた。長星太微《ちょうせいたいび》に有り、尾は軒轅《けんえん》に至る。この星は凶事を告げるものである、と」

司天台監は、星読みだ。

昨夜、文煥は、北斗七星より南の太微の位置で、長く尾を引く彗星が流れていくのを見た。

彗星の尾は北斗七星の北の星である軒轅に至っていた。

「天子に禍《わざわい》が起こる」

独白を漏らした文煥の口元に笑みがのぼる。

皓皓党《こうこうとう》という反乱軍に加担し、その罪を問われ、都から逃亡し——二年が過ぎた。

妹は後宮で徳妃《とくひ》を賜り、皇帝の寵愛を受けていたが、文煥が皓皓党に与したことを咎《とが》められ罪を得た。義宗帝の子を成していたから、夏往国に連れ去られ子を産み——殺された。

空を流れる禍々《まがまが》しい星を見上げ、自分は妹の徳妃の犠牲を無駄にしないと誓った。

「昨夜の凶星、天子の禍は、我らにとっては福の星。我々の自由と正義のため、今こそ立ち上がる時が来たのだ」

文煥は流れ流れて北の地である銀州の山奥で暮らし、志を同じくする仲間を、広い国土のあちこちから募っていた。雌伏して時が至るまで、歯を食いしばって耐えてきた。

「我々の時代はここからはじまる」

——銀州の山を離れ、人里に出る時が来たのだ。

＊

そうして場所はうつり——華封の国、人で溢れかえる南都。

同じく四月、晴明節《せいめいせつ》のことである。

宮城の内廷——後宮の池で、龍舟《りゅうしゅう》による競技が開催されることになった。

龍舟は、船首に龍の頭を彫り、船尾を龍の尾に似せて作られた一体の龍を象《かたど》った手漕ぎの舟だ。

本来の龍舟競技は五月の端午《たんご》の節句に行われるのだが、皇后陛下がめでたくも義宗帝の御子《みこ》をご懐妊《かいにん》されたという吉事を祝い、かつ少し前に夜空を巨大な流れ星が落ちていった不吉を払拭するために、今年の龍舟にかぎり、四月になった。

後宮の妃嬪たちがこの日のために作らせた龍舟は、赤なら赤、金なら金と基本の色をひとつに決め、そこに色の濃淡をつけてぼかしたり、差し色を入れたりと、凝った造りである。そのどれもが船首に龍の頭を掲げ、縁に花飾りをつけていて、目に鮮やかだ。

池の片側に龍舟が集うさまは、水辺に龍が集う神仙の景色を思わせた。

池の巾《はば》は、短径が一里ほど。その一里を使って競技をする。

龍舟と逆の対岸にはとりどりの色の大きな日傘を掲げ、後宮の妃嬪たちが集っている。赤や金、緑に青といった派手な色の日傘の染料は、龍舟に使われたのと同じものである。翠蘭と義宗帝は、妃嬪たちの日傘とは離れた場に傘を立て、人払いをして、ふたりきりであった。

義宗帝のために掲げられた白の日傘は、直径が一丈に及ぶ大きさで、宦官五人がかりで石造りの土台を据えて固定している。

日差しを遮る傘が翠蘭たちの上に薄い影を落としている。

「舟と傘は対になっている。後宮の龍舟は儀式であり、競技だ。それぞれの宮で自分たちが出した舟と同じ色で日傘を染め、応援を送る。公に競いあえて、はっきりと結果がわかるのがおもしろいのか、どこの宮も龍舟に力を入れる。なのに、そなたの水月宮《すいげつきゆう》は、舟を出さないのだな」

幅広の床几《しょうぎ》に座る義宗帝がそう言った。

傍らで長い棍《こん》を地面に突き刺し、足を広げて立っていた翠蘭は「漕ぎ手が足りませんので」と無愛想に返事をする。

翠蘭は黒髪を頭頂部でひとつに結い上げて簪《かんざし》でまとめ、筒袖の袍《ほう》に下衣《したごろも》を身につけている。

後宮に輿入れしてきて後も武の鍛錬を怠ることなくつづけている後宮の男装妃である。棍を構える姿が実にさまになっていて、昨日今日、武器を持ちはじめた初心者ではないのが窺える。

美女ではない。が、可憐な花に喩《たと》える容姿ではなくても、彼女は、すっきりとのびる針葉樹のすがすがしさを持っていた。すっと背筋がのびた、しなやかな体軀《たいく》。日に灼けた肌に、若さを感じさせる輝く黒い双眸《そうぼう》。長い手足と、隙のない佇まい。彼女には、爽やかで明るい、日向の光景がよく似合う。

生真面目な顔つきで対岸の龍舟を凝視する翠蘭を見上げ、義宗帝が小さく笑い声をあげた。

どうして笑うのかと怪訝に思い、翠蘭は義宗帝に視線を向ける。

義宗帝は夜の空気を身に纏った美貌の持ち主だ。彼には日の光よりも、月の光が似合っている。漆黒の長い髪は、ひとつかみだけ紐で結わえ、残りを背中に流している。

義宗帝の濃い青の袍に刺繡されているのは彩雲を背に飛翔する龍の姿だ。腰に巻いた金色の帯に金糸と銀糸で縫われているのは弾ける波の模様。今日も今日とて、まばゆいくらい豪華な衣装が彼の美しさを引き立てている。

長身で、身体つきは男のそれなのに、義宗帝の印象はいつも夢のようにふわふわとして、美しく儚げである。

「なんだ。——そんな理由か」

笑いをおさめ、義宗帝が言った。

後宮の龍舟に乗るのは全部で四名だ。甲高い音をさせる竹笛を手にした舵取りが、船首で、きりっと前を向いている。右舷《うげん》と左舷《さげん》に漕ぎ手がひとりずつ乗っていて、後ろに配置されているひとりは花で飾られた太鼓を膝に抱えている。太鼓叩きは、舟が走りだすと、漕ぎ手たちのために拍子を取り、打ち鳴らす。

人員が四名必要な舟なのだ。

しかし水月宮にいるのは、翠蘭と、宮女の明明《めいめい》、そして宦官の雪英《せつえい》の三人だけだ。

「そんな理由とは、どういう意味ですか」

翠蘭が聞き返すと、義宗帝が、また小さく笑った。

綺麗な目尻にしわを寄せ、愉快そうな笑顔である。

「舟を出せば宮をあげて声援する。皇后も淑妃《しゆくひ》も貴妃《きひ》も舟を出している。才人の銀泉《ぎんせん》と玉風も宦官を雇って舟を出している。皇后も自分の水晶宮《すいしようきゆう》の舟の応援で、同色で染めた赤い傘の下にいるだろう？」

義宗帝の長く綺麗な指が、池の端の舟と、その対岸であるこちらの岸に設置された同じ色の傘を差し示し、往復する。鮮やかな赤は皇后の色。淑妃の舟は爽やかな緑。貴妃は金色で、玉風たちの舟は青だ。他にも桃色や、銀色、橙などと色をかえて——全部で五十艘《そう》をこえる舟が並んでいる。

「後宮の龍舟は妃嬪たちの憂さ晴らしのひとつだ。競いあうのは妃嬪たちだけで、皇帝は舟を出さない。宮を代表して出した舟の応援は同じ色の傘の下で集って行う。つまり、舟を出さない私は、龍舟の競技をいつもひとりで観戦していたのだよ」

話しながら、義宗帝が上目遣いで翠蘭を見る。

甘える仕草で、下から覗き込み首を傾げる姿が、あざといくらい可憐であった。三十路《みそじ》をこえた男性なのに、なみたいていの美女より、華やかで、愛らしい。

「後宮で不幸が続き、昨年、一昨年と龍舟の儀式は取りやめていた。それを今年は晴明節に復活させると私が詔《みことのり》を出し、早々に、そなたは〝水月宮は舟を出さない〟と、宣言しただろう？　嬉しかったのだけれどね」

昨年、一昨年というと翠蘭が輿入れして以降である。翠蘭は後宮の龍舟競技に参加したことがない。

義宗帝の言葉は「どういう意味ですか」と先に問うた翠蘭の質問に対する答えではなかったので、翠蘭は首を傾げた。

いつものことだ。彼はたいていの問いかけに、少しずれた返事を長々として、翠蘭をけむにまく。

「舟を出さないということは、観戦の日傘を出さないという意味だ。皇帝の日傘の下で私とふたりきりになりたい意思表示と受け取った。それで、いそいそとそなた〝だけ〟を、今日、この傘の下に呼び寄せて、人払いをした」

やっと質問の答えが返ってきた。

しかも相当斜め下にずれた返答だった。

「え……」

「私は今日、龍舟よりもそなたを見たいと思って傘の下で休んでいる。そなたに、ここに、座ることを許す」

義宗帝は座っている床几の上で身体をずらし、隣にできた隙間を指で指し示した。

「えっ⁉」

「そなたはいろいろな言い方で〝え〟と言うことができるのだな」

感心したように言われ、翠蘭は開きかけた口をつぐんで、斜め上のなにもない空間を見上げた。たしかに、さっきから自分は「え」しか言っていない。

日傘の向こうに広がっている空は、砕いた蛋白石《オパール》を溶かしこんだような雲に隙間なく覆われていた。それでも空は明るく、背後の青が透けて輝いている。

「我が寵姫《ちょうき》は、あの夜以来、ずいぶんとつれない。たったひと晩で私はそなたに夢中になった。けれど、そなたはあれきり、その唇の甘さを味わう次の機会を許してくれない」

視線を逸らした翠蘭の様子を気にもとめず、義宗帝がささやいた。

翠蘭の耳が羞恥《しゅうち》で真っ赤に染まる。照れくささをごまかすために、翠蘭は早口でまくしたてる。

「お言葉ですが、陛下――他にやることがたくさんあるし、考えたり、話しあったりしなくちゃならないことだらけです。もちろん私も妃嬪のつとめをないがしろにしているわけではなくて……」

義宗帝が、華封の国と宮城、後宮というすべてが呪詛の仕掛けになっているのだと教えてくれた夜――ふたりは本当の夫婦になった。翠蘭はいまや、由来のある神剣を賜った彼の剣であり、からかい甲斐のある愛玩動物であり、さらに溺愛《できあい》される寵姫である。

しかし色恋は、翠蘭の苦手分野だ。

新枕《にいまくら》を済ませて以降、義宗帝と顔を合わせるとどぎまぎし、なかなか目を合わせられない。我ながら、情けない。

「案ずるな。私は龍の末裔である。どのような体勢であってもそなたと語りあうことができる。私の隣が気に入らないのだとしたら、では——ここに座るか?」

そう言って義宗帝が指し示したのは自分自身の膝の上だった。

「ばっ」

馬鹿な、と言いかけて、かろうじて「ば」だけで留めたことを褒めてもらいたい。

ぼっと音をさせて血が頭にのぼっていった。自分の顔が真っ赤になっている自覚はあった。

「案ずるな。——冗談だ」

しかし義宗帝は澄み切った目で翠蘭を見上げ、柔らかい声でそう告げた。

義宗帝の冗談は、翠蘭にはわかりづらい。皇帝特有の感性すぎて、翠蘭をいつも戸惑わせる。

「そなたは、ふたりきりになりたいときは〝ふたりきりになりたい〟と口に出して頼む女性である。わざわざ龍舟に参加しないことで、私に意思表示をするような女性ではない。そういうまだるっこしい意思表示をこそ、恥ずかしく思い、駆け引きができない妃嬪だ」

「だったらどうして……」

「初々しく恥じらう顔が見たかったからだ。充分に堪能した」

翠蘭は目を閉じ、心のなかで三つ数え、深呼吸をする。この程度のことで怒っていては、義宗帝の相手はつとまらない。平常心、平常心、と胸の内側で唱える。

──私はなんでこんな底意地の悪いところがある変人を好きになってしまったんだ？

自問したが答えは出ない。好きになってしまったのだからもう仕方ない。

「堪能いただけて、嬉しいです」

吐息を押しとどめ、低く返す。

「嘘をつくのは、おやめ。嬉しそうではない。──困ったな。こんなふうでは、そなたに呆れられてしまう」

少し気落ちした様子で義宗帝が答える。

「そんなことないですよ。本当に嬉しいです」

立場上、ここは否定せざるを得ない。とはいえ、むっとしたのが翠蘭の顔に出ているのだろう。義宗帝は翠蘭の顔を下から覗き込み、棍を握る手にそっと触れた。

「からかいすぎた。許せ。──どんな理由であれ、そなたとひとつの傘の下で龍舟を見ることができるのは喜びなのだ。それで、浮かれた」

反省が滲む真顔で訴えられ、翠蘭にはもうなにも言えなくなった。

──陛下のくせに本気で反省してるみたいなの、なんなの!?

これではまるで、と翠蘭は思う。

これではまるで本当に翠蘭のことを溺愛しているみたいではないか。もとから義宗帝はたまに甘い言葉をささやいてくれていた。しかしその甘さに含まれた本気の割合はとても少なかった。妃嬪を愛するのは彼の義務。作法にのっとって妃嬪を褒め、口説いている様子が窺えた。

けれどいまの義宗帝は、きちんと翠蘭の態度に一喜一憂して、反省して謝罪して、蕩けそうなささやきのひとつひとつに真心を込めている——ように見える。

「龍舟は好きか?」

手を重ねたまま義宗帝が聞いてきた。

「好きとか嫌いとか考えたことはないのですが——豪華で美しい舟ですね」

翠蘭はそう応じ、対岸の舟のひとつひとつを眺める。いちばん目立つのは皇后の赤い龍舟だが、淑妃の龍舟も華やかだ。

義宗帝は床几から立ち上がり、翠蘭の手を取った。導かれて、日傘の縁まで手をつないで進む。つながれた手が気になって、翠蘭の胸の鼓動がとくとくと速まった。

「たしかに美しい舟だ。後宮の龍舟は四人乗りだが、外の龍舟はもっと大きくて十人乗りや、二十人乗りのものもある。南都の人びとは、この競技が好きだ。端午の節句になると、龍舟競技を見に来る客をあてこんで南都に市が立つ。州橋《しゅうばし》の上に数多《あまた》の屋台を並べて、橋の上からこれぞという龍舟に声援を送る。民びとはどの舟が勝つかを賭けて盛り上がる」

説明され、翠蘭は自分が後宮に輿入れしたときに見た州橋の上の様子を思いだす。田舎暮らしの翠蘭が見たこともないくらい人がいて、乗ってきた舟が橋の下を通過するときに、首が痛くなるくらいずっと頭上の有様を仰ぎ見ていた。祭りでもなんでもない普通の日なのに、屋台が軒を並べ、人が行き来していた。どこからともなく音楽が流れ、広袖《こうりょう》の美女が舞っていた。

目を丸くして賑わう都を見上げていた過去の自分を、ふと懐かしむ。

——たかが二年前。でもとても遠い過去のような気がする。

「そなたの故郷の泰州《たいしゅう》では龍舟競技はなかったのか？」

「村や町では行われていたようですが、実際に競技として観戦するのははじめてです。ときおり客人を迎え入れることはあっても、基本、私と明明と老師の三人暮らしでしたから」

翠蘭は泰州の商家の生まれである。翠蘭は、不吉とされる双子の妹なので間引かれるのが倣いであった。が、両親は幼い翠蘭を手にかけることができず、やむを得ず、生まれてすぐに山奥で暮らす仙人じみた老師に預けたのだ。

親は親なりに翠蘭の行く末を気にかけてくれていたようで「翠蘭の世話をするために」と三つ年上の明明という幼女を買い上げて、老師の于仙《うせん》に押しつけた。ずっと独り身だった老いた武人は子育てはしなかろうものだが、どういうわけか老師はあらゆることに有能で「やってみれば育児も案外できた。殺さぬようにふたりを育てた」と、大きくなった翠蘭と明明にからからと笑いながら話してくれた。

考えてみると自分はずいぶんと数奇な運命を辿っている。生まれ落ちてすぐ死ぬべきところを親の情けで生かされ、山奥で武人の老人に、姉代わりともなる明明と共に育てられ、挙げ句、明明と一緒に後宮に輿入れし、今上帝から神剣を賜ることになって、その加護にも恵まれた。

翠蘭が来し方を思い返し無言でいると、

「そうか。——幼い頃のそなたを見てみたかったものだ。きっと小さなそなたは龍舟が好きだ。龍舟は、音を鳴らして、みんなで舟を漕いで、速さを競う勇ましい乗り物だからな。そなたは見るだけでは飽き足らず、漕ぎ手をやりたがるに違いない。それで、明明が〝やめてください。娘娘《ニャンニャン》はまだ小さいんだから出られやしないんですよ〟とたしなめるが、止められてもそなたは出場してしまうんだ」

義宗帝がしみじみと言う。

微笑んで語られるすべてに、翠蘭も同意してしまう。山奥の川で龍舟競技があったなら絶対に翠蘭は参加する。あんなに綺麗な乗り物を眺めるだけで我慢できるはずがない。自分でも漕いでみたいと駄々をこねる。

「それで、当日まで、日々、練習をかかさずに行い、手にまめを作る。その手当てを、やはり幼い明明がするのであろうな。明明は〝怪我をするほど本気にならなくていいんですよ〟などとそなたを叱りつけて、でも、そなたはきっと〝まめは努力の証だから怪我じゃない〟みたいな理屈をこねるのだ」

これもまた、同意するしかない。翠蘭は毎日漕いで練習し、まめを作って、明明にたしなめられながら手当てをされるに違いない。剣の鍛錬でまめをこさえたときもそうだった。

「陛下は私のことをよくご存じだわ。おっしゃる通りのことをしていたと思います」

内容も心あたりがあるのだが、それ以上に、義宗帝の話しぶりがとても穏やかで、愛おしげなので、翠蘭は聞いていてくすぐったくなった。口ぶりに情がこもっているのが伝わったのだ。

「そうであろう？　案外、私はそなたのことを学んできているのだよ。そなたも同じように、私がなにをどう感じ、考え、動くかを学んでくれているのだろう。そなたは、私を、知っている」

つんと顎をあげて、どこか得意げに義宗帝が言う。

――どうだろう。私は義宗帝のことを知っているのだろうか。

義宗帝の視線の先を追いかけるように、翠蘭はまた龍舟の集まる対岸を眺める。

「そなたはどの舟に賭ける？」

「皇后さまの舟ですね」

即答した。

皇后は負けることを厭《いと》う。全力で挑んでくるだろう。

それに――今回の龍舟競技は皇后の懐妊を祝うための神事なのだ。妃嬪たちは皇后を差し置いて勝とうとはしないだろう。

「手堅いことを言う」

義宗帝は薄く笑った。先刻までのあたたかい気持ちの表層をざらりと撫でつけるような、冷徹さが笑みに滲んでいた。

ゆるやかに溶けかかっていた翠蘭の全身に緊張が戻る。

翠蘭は義宗帝から視線を引き剝がし、対岸を見た。

向こう岸に龍舟が整列をしている。大きな旗を構えた長身の宦官たちが、横並びになった龍舟の端で姿勢を低くし、身構えている。

「そろそろ、はじまる」

義宗帝が言ったのと同時に大きな旗が振られた。

どぉんと太鼓が打ち鳴らされ、それを合図に龍舟が走りだす。

曇天の空を映した池の水は薄暗い灰褐色。極彩色の小さな龍が人を乗せ、水面を滑っていく。船尾の宦官が、どぉんどぉんと太鼓を叩き、賑やかだ。龍舟の後ろに水しぶきが白く散っている。ただ速さを競いあうだけかと思っていたのに、漕ぎ手たちはときおり隣の舟の胴体を舵で叩いて、邪魔をする。された側の宦官も、舵を掲げ、応戦だ。互いに罵声《ばせい》を浴びせる声が、こちら側まで響いてくる。

翠蘭は思わず身を乗りだして、つま先立った。想像していたより勇ましくて、派手な競技だ。

「……いいんですか。あんなふうに相手の妨害をしても？」

義宗帝に尋ねると、義宗帝は目を細め、遠くを見つめたまま応じた。

「いいのだ。龍舟は、大きな音をさせればさせるだけ、いいということになっている。音だけではなく、水しぶきも大きくあげて、場合によっては舟が壊れ、漕ぎ手たちが水に落ちる」

「うわぁ。季節行事で神事だと聞いていたので、もっとおしとやかなものだと思ってました」

これに幼い翠蘭は出たがるだろうと義宗帝は思ったのか。

――まあ、出たがるだろうけど。

若干、複雑な心境だ。幼いときからずっと、戦ったり、身体を動かしたりすることが大好きだったと見透かされていることが。翠蘭は、淑女らしいふるまいとは無縁だ。

「大きな音をたてるのには理由がある」

義宗帝が真顔で続ける。

「そうなのですか」

「ああ。そもそも龍舟が端午の節句に水辺に浮かべられるようになった理由は諸説ある。私が聞いたのは、まだ、華封が生まれる前——いくつもの国が小競り合いをしていた時代——慧眼《けいがん》の政治家であった屈原《くつげん》という男が川に身を投げたのが発端だという説だ。百五十年前の敗戦でさまざまな伝説が途絶えたこの国で、それでも語り継がれている話や行事には強い意味があるのだと私は思う。玉風も私の説に同意した」

後宮の才人——玉風の名を聞くと、翠蘭の胸の奥がわずかに疼く。

道士の娘で呪術に造詣が深い玉風を、義宗帝は重用している。それを嬉しいと感じる気持ちもある。人を信用することがなく、なんでもひとりきりで解決してきた義宗帝が、とうとう他者の手を借りることを覚えたのかと思うと、ほんわりと心の内側があたたかくなる。

けれどそれだけではなく、玉風もまた妃嬪で——さらに玉風も義宗帝を思慕しているのを知っているので、翠蘭の胸の内側に小さなさざ波が立つのを抑えきれない。

これは女性としての嫉妬だ。

そしてそんな自分の卑小さに自己嫌悪に陥る。

——それどころじゃあないのよ。この国そのものが呪詛だとか、後宮が龍の乙女に呪われているとか災禍が起きるとかそういう話を聞いたあとで、陛下が玉風さんに道術について相談していることに対して嫉妬しちゃうとか、私はなんて器が小さいんだろう。

翠蘭では補えない部分を玉風が補ってくれているのだ。

呪詛の解明もだが、いまだ反乱の徒――皓皓党の残党狩りも続いている。義宗帝はおそらく、龍舟競技という「晴れ」である後宮行事に時間を割くために、外廷で必要な政策と執務に追われ、朝議を重ねてきたはずだ。

――後宮の妃嬪たちも、なんなら華封の民びとたちも、義宗帝を飾りものの皇帝だとあなどっているけれど、飾りものであろうと執務はしなくてはならないのよ。すべての書類に目を通し、不正に目をひからせ、不要な政策は却下し、少しでもいまの国にとってよいことをしようと努力されている。

翠蘭は、義宗帝が堅実で善良な政治につとめていることを知っていた。

後宮の外で、科挙の院試の不正をただしたときに、実感した。義宗帝は、いつだって、義宗帝にできる精一杯のことをやり遂げようとしているのだ、と。

――政治だけではなく、後宮に集められた妃嬪たちを等しく愛し、次代の龍を育むつとめも真面目にこなそうとされている。

皇帝陛下は、後宮の妃嬪たちに対して等しく愛を注ぐもの。複数の妃嬪に愛を注ぐべき立場である。

ただ――頭で理解していることと、心とは別だった。自分の恋心を自覚するまで嫉妬をするなんて愚かなことだとどこかで見下していたのに、我が身になるとまったく感情が制御できないのが悩ましい。悋気《りんき》で苛立つようなことはないのだけれど、ちょっとしたことで、ちくちくと胸が痛む。

なにせこの恋を自覚したのがつい最近だ。しかも「愛おしい」という感情の発露より先に、他の妃嬪に対する義宗帝のふるまいに心が痛み「これって嫉妬だよね。ということは、私は義宗帝を意識しているのではないか」と悟ったのが、恋心を認めるきっかけだったのだ。

好きの気持ちより、嫉妬が先。ずいぶんとたちが悪い恋である。

そのうえ龍床で愛を結んだのは、つい十日ほど前だった。

——本当にこれが恋愛なのかどうか、正直、まだわかっていないような気がする。

感情の発端が崇拝なのか同情なのかすら、自分でも曖昧だ。

翠蘭から見て義宗帝は、ずっと、あやうい存在だった。

彼は、翠蘭の目には、孤立無援で、いまにも崩れ落ちてしまいそうな崖の上に立っている美しい龍として映っていた。

だから彼の孤独さに気づいた翠蘭は、ついうっかり、その手を取ってしまったのだ。神剣を受け取り、その剣を義宗帝に献げ——この神剣も、彼の手も、離してはならないと強く思った。

恋でなかったとしても、愛を抱いている。

――彼を助けたい。側にいたい。支えたい。

とはいえ、そういう翠蘭の好意を義宗帝が察知し、丁寧に掬い上げたことに不安も覚えている。

女性の気持ちを読みとりすぎていることと、手慣れすぎていることに、苛立った。

――だって、許しを請うてくるって、あれはなんだったのよ⁉

命じることで他者を動かしてきた皇帝が、あの夜、龍床で一夜を過ごすことを翠蘭に命じなかった。かわりに、翠蘭に許可を求めた。

命じるのではなく許可を求められたからこそ翠蘭はうなずいてしまったのだ。

――どさくさに紛れて、勢いで、流されたっていうか……こう……こう……。

こう……と思いあぐねる思考は、もやもやとした甘美な記憶につながっている。思い返すと恥ずかしさと動揺で、その場で顔を手で覆い叫びだしたくなるのが難点だ。

義宗帝は「翠蘭の気持ちの読み方」が、巧みすぎるのだ。見透かしすぎているのだ。彼の手のひらの上で好きにころころと転がされている乙女心を自覚して、翠蘭は地団駄を踏みたくなる。

――深呼吸をしよう。落ち着いて。

翠蘭は己の心を理性で抑えながら、義宗帝の話に耳を傾け、相づちを打つことにした。

気持ちを一旦切り離し、目の前の出来事に焦点をあわせるために、自分の知識を総動員する。龍床の記憶を反芻してじたばたしている場合ではない。ここで思いだすべきなのは、先程話題にのぼった屈原についてだ。

「……屈原は、国の将来を憂い、湖南省の汨羅《べきら》の淵に石を抱いて身投げしたんですよね。政治家としても有名ですが、むしろ詩人としていまの世に名を残していると老師に教わりました」

翠蘭は頭のすみで埃《ほこり》をかぶっていた知識をなんとか引きずりだして応じた。

「そうだ。夏往国は我が国に勝利した際に、華封国の伝承をあらいざらい消そうとしたが——人びとのあいだに広く流布したこの行事を消し去ることができなかった。史書はなく、言い伝えも曖昧になったこの国で、されど端午の時期に龍舟を浮かべる行事と、それにまつわる詩が残った。そうして優れた詩を作りあげた屈原の名も残った」

義宗帝は感慨深げに「百五十年前に敗北した皇帝の名は奪われたというのに、それ以前に詩を作った詩人を悼む行事が、字も読めぬ無学の民びとたちのあいだに生き続けたというのは……美しい話のような気がする」と、吐息を漏らす。

『挙世《よをあげて》皆《みな》濁《にごりて》我《われ》独《ひとり》清《すめり》
衆人《しゅうじん》皆《みな》酔《よいて》我《われ》独《ひとり》醒《さめたり》』

義宗帝が低く詩を口ずさんだ。

政治を正そうと尽力したがゆえに疎んじられ、国を追われてさすらうことになった屈原と、彼を川辺で見付けて舟に乗せた漁師の会話からなる詩文である。世の中はこんなに汚れていると屈原が嘆き、それを聞いた漁師はにっこりと笑って「川の水が清らかなら冠のひもを洗うことができるし、川の水が濁っているのなら汚れた足を洗えばいい」と歌いながら、舟端を櫂で叩いて屈原から遠ざかっていくという内容だ。

「屈原が身を投げてすぐに、人びとが舟を出して彼を捜したが遺体を見つけることはできなかったという話は、漁夫辞《ぎょほのじ》の詩文より有名だ。漁夫辞を知らない民びとたちも、端午の節句に龍舟争いをする神事とその由来になった出来事については知っている。――屈原が身を投げたその日は雨が降っており、岸辺に雨を避けた舟が集まっていた。みんなは、雨で視界の悪いなか彼を捜すために舟を漕ぎだした。何艘もの舟が彼の遺体を捜し、遺体を魚が食べてしまうことを恐れ、櫂で水を叩き、船底をも叩いて音を鳴らし、魚を遠ざけたのだそうだよ。龍舟競技の、成り立ちはそこに由来している。ゆえに龍舟は、大きな音をさせて、漕ぐ」

翠蘭と義宗帝のふたりが過去の詩人について話しているあいだに、皇后の龍舟が先に進み、舟が二艘、皇后の龍舟の舵で弾かれてひっくり返った。

翠蘭は、遠目で見た龍舟の色と、こちら側の岸辺の日傘の色を見比べて、転覆した二艘の舟の持ち主を見当づける。

――先にひっくり返ったあの金の色の龍舟は、貴妃の花蝶《かちょう》さまの龍舟ね。

屈原の漁夫辞の話をしているときに、花蝶の龍舟が転覆した。

翠蘭は、ふと、後宮に入ってすぐ帝に命じられて、花蝶に仕える月華《げっか》という宮女の自死にまつわる事件を解き明かしたときのことを思いだす。

貴妃の花蝶は勉強が嫌いだからと習っていなくて、この詩を知らなかった。

だから花蝶は宮女が残した詩を遺書だと勘違いしたのである。

真相は、宮女は自死したのではなく殺されていたのだった。犯人は捕まえられて罰を受けることになった。

――花蝶さんは、いまはもう屈原のことを知っている。漁夫辞のことも知っている。

回想の痛みと共に、目の前の龍舟の争いを見つめる。

花蝶の水清宮《すいせいきゅう》の龍舟と共に転覆したのはどこの龍舟だろうと、視線を一往復させる。

龍舟と同じ色の日傘を探せば当たりがつく。日傘の大きさと、集う宦官たちの人数で、どの程度の地位の妃嬪か推察できる。

――転覆してしまったもう一艘は、たぶん才人の地位の妃嬪の龍舟ね。

どちらの龍舟も、皇后に追いやられたのなら文句は言えなそうと思ったのだが、貴妃の龍舟から落とされた漕ぎ手たちが転覆した舟につかまり、相手に罵倒《ばとう》を浴びせる声がこちら岸まで聞こえてきた。追い抜いていった皇后の龍舟に拳をつきあげているあれは、声援ではなく、怒りの表明であろう。

よく見てみると、花蝶の龍舟だけではなく才人の龍舟の漕ぎ手たちも大声をあげている。

――文句を言ってもいい場なんだ⁉

「龍舟競技は、皇后さまの龍舟に罵声を浴びせてもいい競技なのですね……」

「忖度《そんたく》なしで行う。神事だからね。立場をわきまえたりせず争うのが、常だ。――といってもそれにも限度があって、世婦《せいふ》の位の龍舟が、十八嬪の龍舟を転覆させることはあるが、さすがに皇后の龍舟を転覆させた妃嬪はいない。追い抜かれても罵声を浴びせるくらいがせいぜいだ。それだけでも、まあ、いい鬱憤《うっぷん》晴らしになっている。普段は皇后にたてついて、拳をつきあげたりできないからね」

後宮で圧倒的な権力を持つのは常に皇后だった。

その下に通常ならば四夫人、さらにその下に十八嬪、そして世婦がいる。

通常ならば、の但し書きがつくのには理由がある。

まず、四夫人のなかの徳妃は義宗帝に反旗を翻す皓皓党という反乱の徒の手引きをした罪を問われ、身重の身体で夏往国に送られて、ここにはいない。子は無事に産まれたようだが、その後、徳妃がどうなったのかを翠蘭たちは教えられていないのだった。

賢妃《けんぴ》は義宗帝毒殺未遂の罪で処されてしまった。

残っているのは、淑妃と貴妃のふたりだけだ。

「いい神事ですね。たしかに私が子どもだったらぜったいに漕ぎたいって思います。暴れ甲斐がありそうですもの。屈原も、自分の死を悼む行事がこんなふうになるなんて思ってなかったでしょうけれど」

翠蘭が笑いながらそう言うと、

「といっても本当にあの詩が屈原の手によるものかどうかは諸説あるらしい」

義宗帝が小声で応じた。

「え、そうなんですか？」

翠蘭はきょとんと首を傾げる。

「そうだ。屈原の他の詩と比べて、あの詩だけは俯瞰《ふかん》で歌いあげているのが、おかしいと疑問を投げる意見がある。私も屈原の他の詩と比較して、漁夫辞は屈原らしからぬ詩文だと感じている。——確実なのは屈原がもう死んでいるということと、誰かがこの詩を作り、人に伝えたということ、そして龍舟の競技は舟を飾りつけ、にぎやかな音と共に行われるということだけだ」

龍舟を目で追いかけつつ、義宗帝は話を続けた。

「誰が作ったのだとしても漁夫辞は名作であることは認めよう。だから、みんなが知る漁夫辞にちなんで、屈原が亡くなったとされる五月に、龍舟を水辺に浮かべ、彼の霊を弔《とむら》うことになったのだ。でも——どうして五月なのか。どうしても端午の節句にしたい誰かがいたのか。それが龍舟でなければならない意味はなんなのか……」

義宗帝は、答えを欲するのではなく、ただ物事を羅列してまとめたいだけかのように疑問を述べた。

ふたりの見つめる先で、皇后の赤い龍舟が池の半ばを過ぎ、まっすぐに進んでいく。皇后の龍舟は、やはり、ひときわ速い。漕ぎ手の力量もさることながら、皇后を負かすのは後が怖いという後宮内の政治的な問題が関係しているのはあきらかだった。

赤い龍舟の後ろは、団子状態で何艘もの龍舟がついていっている。

「五月は毒の月ですから」

なんの気なしに翠蘭が言うと、義宗帝が聞き返してきた。

「五月は毒の月とは、はじめて聞く言葉だ。泰州ではそう言うのか？」

「こっちでは言わないんですか？　泰州でどうかは正直なところ私はわからないんですが──少なくとも、老師の于仙は五月になると毎年そう言って蓬《よもぎ》を摘みにつれていってくれました」

毒の月。病の月。悪い月。

夏に向かって気温が上がり、湿度が増す。そのせいで、悪いものがはびこり疫病が流行《はや》る。寒い季節を用心して過ごしてきた年寄りたちが気を抜いて倒れるのも春を抜けた五月頃だ。

――だから毒の月。

「私は于仙に、龍舟は疾病を封じるための神事なのだと習いました。実際に龍舟を見たことはなくても、神事だからと、五月の節句になったら薬草を摘みに山にはいり、川に笹舟を浮かべて無病息災を祈りましたよ？　毒の月だからそうしておくほうがいいって。実際にまじないとして役に立つかどうかはともかく、そういう行事をすることで、気をつけなくちゃって気持ちと身体が災いを追いやるものだから、季節行事と神事は大切にしようっていう于仙の方針で」

言い伝えられてきた物事には理由があるものだと于仙は言った。五月に病になる者が多いので健康祈願で薬草を摘む。川をはじめ、水にまつわる事故が多いので龍舟を水辺に浮かべ注意をうながす。于仙は神事をそう読み解いていた。

実際に、五月に気温が上がることでいままでより食べ物の腐敗がはやくすすむ。春の山々の雪解けで、山奥の川は増水し、急流となる。

幼いときから聞いていて、翠蘭も明明も一理あるなと納得した話であった。

「それは……興味深いな。そなたと明明を育てた老師は私の知らないことも知っているようだ。いつか物事が落ち着いたら、そなたを伴って、老師を訪ねることにしようか」

優しい声音で義宗帝が言い、翠蘭は困惑し眉をひそめた。

後宮に入った妃嬪は義宗帝が死なないかぎり二度と外に出られないのは、みんなが知っていることだ。

「喜んでくれるかと思いきや、どうしてそんな顔になるのだ。最近のそなたは、ことあるごとに、眉間にしわを刻む」

義宗帝が翠蘭の眉間を指先で弾き、悲しそうな顔になる。

翠蘭は「はっ」と応じて、うつむいた。

無言になった翠蘭に、義宗帝が低く言う。

「後宮の規約では妃嬪は外に出られない。されどそなたは、後宮の外に出て、不正を暴いたではないか。外に出たい時は同じことをやればいい」

周囲をあざむき、変装をして後宮の外を出歩いた実績を持ち出され、翠蘭は苦く笑う。

秘密の通路を使って外に出て、仮の名前で外を歩いて、定められた時間までに戻ってくるという日々をまた？

「神剣を佩刀《はいとう》し、後宮の難事件をいくつも解決した昭儀、翠蘭は国をあげた神事に関わる義務がある。もしもこの国が丸ごと呪われているのだとしたら、そなたは、その呪いを解くために国じゅうを歩くべきなのだ。おかしいことではあるまい？」

――朝出て日が沈むまでに戻ってこられる場所ならいいとして、泰州なんて船旅で何日もかかるのよ？

「畏れながら、陛下――泰州は遠いです」

「案ずるな」

「……さすがに案じてください。遠い土地を近くに引き寄せるのは無理ですよ。いくら龍の末裔とて！」

「だから案ずるな。遠い土地を引き寄せるのはたしかに私にも無理なこと。が、妃嬪が後宮の外に出られない規約を、変えればいい」

――できるはずのないことを、言う。

とはいえそんな言葉を皇帝に返すわけにはいかない。翠蘭は義宗帝に無礼であることを許されているが、限度がある。

翠蘭は返事をせず、池を進む色とりどりの龍舟と、龍舟の後ろに長く続く白い引き波を見つめた。

沈黙が落ちた。

少したってから、義宗帝が小声で告げた。

「昭儀は、いま、怒っているような気がするが……」

「……私、怒ってませんけど？」

ついむきになって言い返す。

すると義宗帝は今度は、にこりと笑顔になった。

「許す。怒っているそなたの顔も好ましい」

「はあっ⁉」

義宗帝はいつも翠蘭の想定の斜め上の反応をする。

さらに義宗帝は、裏返った翠蘭の声に頓着せず、翠蘭の肩を抱き寄せた。突き放すわけにもいかず、目を白黒させながら、翠蘭はされるがままだ。

「……人払いもしていることだし、込み入った話をしよう」

耳元に口を寄せ、小声である。

「端午の節句の龍舟競技について、私は玉風とも話をした。おかしな話だ、と。なぜ民びとが、なんの政策も成し遂げることのなかった政治家の死を弔う？　たしかに漁夫辞は良い詩である。有名でもある。されど——たとえば、勉学の不得意だった花蝶は知らないでいた、そんな詩だ。文字を読むことのできない民びとたちのあいだで、代々、伝えられるような詩ではないのだよ。それなのにどうして彼の死を悼む龍舟の行事だけは華封全土に伝わっている？　彼の死の逸話だけが広く流布されている理由は？　私たちは、この伝承と詩、儀式が残ったことに、意味があると思っている」

物思う言い方で義宗帝が一気にそう告げた。

「玉風さんと？」

翠蘭はそう声に出してからはっとして口をつぐむ。

この場合、聞き返すなら「おかしな話」についてだ。玉風と話したことに対して聞き返してしまう自分のありように、羞恥する。やっぱり自分は器が小さい。

――陛下はきっと私のこの愚かさに気づいてしまう。

義宗帝には、そういう機微はあるのだ。龍の心。後宮の妃嬪たちの感情の浮き沈みを彼は熟知している。

案の定、義宗帝は翠蘭の肩を抱いたまま、続けるはずだった言葉を押しとどめ、池を進む龍舟を指さした。

「――見てごらん。皇后の龍舟を、淑妃の龍舟が追いかけている」

話題が変わった。

義宗帝の神剣として聞くべきだったのは、玉風と語りあったという龍舟競技についての話だ。でも悋気を見せたから、配慮され、話題をそらされた。

――ああ、もうっ。私ったら。

自分で自分をののしって、そしてもうこんなことはやめなくてはと目を閉じる。私ときたらなんて愚かなことをと内心で叱咤して、深呼吸する。

「陛下、ごめんなさい」

謝罪する翠蘭に義宗帝が「なにをあやまっているのか、わからない。それより、いいから龍舟を見て。そなたは目がいいから、私よりずっと多くのことに気づくであろう」と優しく応じた。

「はい」

皇后の赤い龍舟を追う数多の龍舟――いちばん先に抜けたのは爽やかな緑の淑妃の舟だった。少し先を進む赤い龍舟に、ぐんぐんと近づいていく。すごい速さである。

「淑妃の舟はおもしろい動きをしている。漕ぎ手は舵を持たず、船首で舵の操作をしているようだ。どうなっているのだ、あれは」

淑妃、馮秋華《フウシユウカ》は義宗帝の寵姫のひとりで、明鏡宮《めいきようきゆう》を陛下から預かる妃嬪だ。彼女は月の化身のごとき、儚げな美姫だ。が、見た目に反し彼女は内側に計り知れない強さを秘めていた。

淑妃の魂は、燃えさかる蒼い焔《ほのお》だ。

淑妃は纏足《てんそく》という、足を小さくする細工を幼い頃からほどこされていた。その癒着してしまった足の指を自力で引き剝がし、作りかえようとしている。自由に歩くための足を欲し、人知れず血を流し、痛みに耐える彼女の真の姿を知ったとき、翠蘭の全身は総毛立った。

義宗帝に言われて、翠蘭は、緑の龍舟に注目する。たしかにその舟の漕ぎ手たちは手を動かしてはいない。動かしているのは、足である。交互に足を踏みしめて、それにあわせて舟が進んでいるようだ。

「あれは……足を動かしております」

目の上に手をかざし、じっくりと観察し、義宗帝に告げる。

「手ではなく、足で漕いで走る舟のように見えます。船底に仕掛けがあるのかもしれませんん」

「なるほど。なにかしら歯車のようなものが、舟の底についているのかもしれないな。あとで共にあの舟がどうなっているのか見せてもらうことにしよう」

「はい」

「淑妃は変わったことをする」

義宗帝が思わずというようにつぶやいた。

変わったこと、は、褒め言葉ではないのだけれど。

それでも、翠蘭の胸の奥がまたもやちくちくと疼いた。玉風に対してだけではなく、別な妃嬪についても、嫉妬をしてしまう。こんなことなら、義宗帝に心も身体も預けるのではなかった。悔やんでみても、もうどうしようもない。

ただし今度は顔に出さなかった。

「彼女は、じつは、ものをつくることが好きなんだ。研究というか——作りだすというか——新しいものを編み出すことに熱心でね。それは、そなたもよく知っていることであろうが」

「いえ……よく知っているというほどでは……」

「前にも言ったとおりに淑妃は私が預けた離れの宮で、燃やすと紫の炎を出す硝石《しょうせき》に、木炭や硫黄《いおう》を混ぜ、配合し、火薬というものを作りだした。とてもよく燃えて、爆発するんだ。うまく加工すれば、大きな岩山を砕くことができる破壊力を持っている。ただしこれは秘密だからね。人に言ってはならないよ？」

義宗帝は翠蘭の身体に巻きつけていた腕を放し、すっと背筋をのばす。

そうして、ひとさし指を自分の唇に置き、小首を傾げ、笑った。

「淑妃の仕掛けをもってすれば、皇后の龍舟を追い抜けそうなものだけれど——これは懐妊した皇后を祝うための神事だし、抜こうとしないのだろうね。淑妃らしい気遣いだ。でも、皇后は、手加減をされて勝つことを良しとしないだろう。全力で挑まれた結果、己が力ですべてを振り落とし圧勝する——それが皇后が目指す勝ち方だ。さて、そなたが出ていれば私はそなたに肩入れしたが、出ていないのだからどうしようもない」

義宗帝は、ひとさし指を今度は顎に添え、さっきとは逆の向きに首を傾げた。

「皇后と淑妃の龍舟の勝ちは見えている。ならば、玉風と銀泉の龍舟を応援しようか」

義宗帝がつぶやいた途端、横並びになっていたなかから、一艘の龍舟が飛び出した。白波をあげ、勢いよく走りだしたのは、玉風たちの青い龍舟である。

「え……あ……あれ」

青い龍舟は後ろに波を引きずって、すさまじい速さで淑妃の龍舟を追い抜いた。見る間に先頭を走る皇后の赤い龍舟との距離が縮まっていく。漕ぎ手を鼓舞《こぶ》して打ち鳴らしていた皇后の龍舟の太鼓の音が、どぉんどんどんとけたたましくなった。皇后の龍舟の船首の舵取りが、追いかける玉風と銀泉の青い龍舟に向かって、追い払うような身振り手振りをしているのが遠目でもわかる。

相手のすさまじい剣幕に気圧《けお》されたのか、青い龍舟の漕ぎ手が、手を止めた。

もとから玉風と銀泉は皇后の龍舟を追い抜くつもりなどなかったのであろう。後宮において皇后は絶対なので、皇后を抜いて一位になろうなんて出場している妃嬪たちの誰も思っていないはずだった。欲しいのは、皇后に次いでの二着。あるいは、褒美を渡される予定の三位狙いだ。

青い龍舟の舵は、動いていない。

乗っている宦官たちは全員が手を止めている。

だというのに青い龍舟はすさまじい速度で水面を滑り、進んでいく。

舟の脇や後ろに、高く波が盛り上がっている。水しぶきをはね上げて、青い龍舟は、波の上に乗ってするすると池を進んでいく。その舟のまわりだけ水面が波打ち、泡立っている。

青い龍舟のまわりの水が応援し、一艘の舟だけを押し進めていくような動きをしている。

翠蘭は思わず自分の隣の義宗帝の顔を仰ぎ見た。

義宗帝は翠蘭の視線に気づき、くすりと笑った。

「私は龍の末裔である」

笑顔で放った言葉に、翠蘭は無言で目を瞬かせる。

彼は龍の力を持っている。水を自在に動かすことができるのだ。遠くからでも池の水に力を届け、動かすことができる。青い龍舟に義宗帝が肩入れしたのは明らかだった。

するすると進んだ青い龍舟が岸に辿りついた。

「玉風と銀泉の舟が、見事、一位だ。二位は皇后。そして三位が淑妃だ。全員がそなたと気が合う后妃たちである」

義宗帝が淡々と告げた。それがいいとも悪いとも読み取れない口調であった。

——玉風さんと銀泉さん、淑妃まではわかるとして、皇后さまと気が合ったことなんてなかったけれど？

咄嗟に思った反論を喉の奥で押しつぶす。言ったところで、どうしようもない。

義宗帝の口元の笑みは消えている。整った横顔はどこかよそよそしく、冷たい。

「そもそもこれは皇后の吉事を言祝《ことほ》ぐ神事である。そして夜空を焼いて落ちた流れ星の不吉を払拭するための神事でもある。いつもなら圧勝する皇后の龍舟が追い落とされたのは、星が見据えた予兆だったということになるだろう」

続く言葉に、翠蘭は「そうですか？」と聞き返す。

言祝ぐための神事だというのに皇后に花を持たせないでどうする。不吉な流れ星の予兆を後押しして皇后の舟を追い落としてどうする。物事を荒立ててしまったのではなかろうか。なんで青い龍舟に加担をしたのだ。内心で疑問が渦巻いた。

不服そうな言い方なのが伝わったのか、義宗帝が翠蘭を一瞥《いちべつ》する。

「——そなたも気づいていることだろうが、神事とは表向きのこと」

ひそめた声で言われたが、翠蘭はこの段階ではまだなにひとつ気づいていなかった。たいてい翠蘭は義宗帝の画策に気づくことなく、それでも彼の手足となって右往左往して走りまわる。

「実際は、空を星が流れた以上、なにかの権威を失墜させておかなければならなくて、催したのだ。司天台監が血相をかえて私に忠言に訪れた。いわく——長星太微に有り、尾は軒轅に至る。この星は凶事を告げるものである」

義宗帝は美しい詩を口ずさむのと同じ軽やかさで、司天台監が告げた予兆を口にする。

「あの星は天子に禍が起こるしるしとされている。ならば、とりあえず、皇后に身を切ってもらおうと、打ち合わせた。皇后は今回、負けるつもりで来ているのだよ。私の権威を、星の予兆から守るために。後宮において真に〝天子〟なのは私ではなく皇后だ。皇后が負けたことで司天台監の星読みは完結する。私ではなく、天子は皇后のこと、となる」

「そうなんですか……」

納得してうなずいた翠蘭に、義宗帝は人形のような感情の読み取れない綺麗な顔を向ける。

「というそれもまた表向きの言い訳だ」

「はい？」

「——実際は、後宮に散らばる夏往国の密偵たち、いまだに私を弑《しい》すべしと暗躍する皓皓党とその密偵たちに向けて開催した罠だよ。私が反乱を指揮する立場なら、いよいよ時が来たと心を躍らせる」

怪訝に思い、言われた言葉が飲み込めないでいた翠蘭に、義宗帝が補足した。

「昭儀、星は利用できるものだ。星は目に見える奇跡で、わかりやすい。流れ星は、誰もが見ることができるものだ。不吉な知らせだと、声を大きくする者がいれば、なにも知らない者はその声に流される。反乱にしろ、国同士の戦にしろ、皆が信じて突き進むことのできる狂乱をしつらえるには、いちばん最初に火を灯す瞬間が大事なのだ。民びとが、わかりやすく不満を抱き〝いま〟と思えるそのときに、声をあげ、人を巻き込むのが大切だ」

義宗帝が淡々と、言う。

この世の当たり前の理屈を語るだけとでもいうような平坦さであった。

「現実に不満を持つ者は、流れ星に夢を見る。そういうふうにして、物事は、はじまる。つもりつもった不平不満の塵芥《ちりあくた》に、火をつける出来事は、些細で、わかりやすいものがいい。たとえば——禍の星が流れた、というような。あるいは後宮を出され出産した徳妃が、夏往国の手で処刑されたというような。そして、これは今上帝が失墜するしるである、今上帝が夏往国に華封の妃嬪を差しだし首を献げたのだ許すまじと、誰かが言い立てる」

義宗帝が翠蘭の顔を覗き込み、ゆっくりと説明していく。

「しかも、後宮の重しとして君臨していた皇后が、いなくなる。出産のために夏往国に戻る。おまけに、いつもなら勝利する龍舟競技で皇后の龍舟が敗北した。——機が熟したと、思う者がいるだろう。皇后が消える。義宗帝を殺すなら、いまこのとき。華封の民ではなく夏往に顔と魂を向ける今上帝、滅ぶべし。そう、星の予兆が告げていた。扇動するのにちょうどいい。私と皇后は、皓皓党の首謀者にそう思わせるように、この筋書きを作ったのだよ」

「え」

翠蘭は呆気にとられ、目を瞬かせた。

「皓皓党は私の暗殺に失敗し、一度、逃げたからね。大志を抱く者だけでは反乱は成し遂げられないことを、皓皓党の残党はすでに知っている。私と皇后が彼等を後宮から追い出したことで、私がそんなにたやすく殺されるような皇帝ではなかったということを、知ってしまったんだ。私を殺すには徒党を組まねばならないと、彼等はもうわかっているはずだ」

低い声で呪文を唱えるように義宗帝は告げていく。

首謀者は、現実に不満を持ち、貧困にあえぐ大量の民びとを手足にしようとするだろう。反乱にしろ革命にしろ、それが正しい形だ。

現実に倦んで大きな夢を見る者が、大義を見出し、人びとを巻き込むことで世の中は変わっていく。

「反乱に必要なのは、兵隊と武器、食糧。そのすべてを集めるために必要なのは、大義と志と目に見える運気と、勝てるであろう見込みだ。雪で作るだるまのように、場所を移して人が集められることだろう。最初は小さな雪玉だったものが、遠い地から南都に向かうにつれて、膨れあがって大きくなる」

確信しているように力強い言い方だった。自分が追い落とされる側だというのに、どこか楽しげに、明るい未来について話すような顔で語るのが奇妙であった。

「貧困にあえぐ者は、武力でのしあがれるという夢を見て、反乱の軍に加わるだろう。単に、狂乱に飲み込まれて、自分の手に正義があるのだと信じて剣を取る者もいるだろう。そのうえで、商人たちは、数が揃って、勝ち戦だと信じることができる側につく。人びとは忘れがちなようだが、そもそも、華封は、夏往国に負けるまでのあいだ自らが開戦し武力で国土を広げようとしたことはない。大河と大きな港がある立地を利用して豊かな国土とその財を他国と貿易することでたくわえた国で、武人より商人の力と意志が強い国なのだ。いまもその力関係は変わっていない。商人たちは、夏往国の属国である現状を維持したいと願っている」

物騒であやしい輝きが義宗帝の目の奥でちかりと瞬いた。いつでも儚げな義宗帝の面差しに、めったに見られない闘争心に似たものが一瞬だけ閃いて、すぐに消える。

「私も皇后も、地方の商人たちとの連絡をまめにとっている。後宮と宮城が、贅沢な品物を取り寄せてきたのは、私たちが贅沢を愛しているからだけではないよ。商人から情報を得るためでもある。皓皓党の足どりについては、商人たちが私と皇后に伝えてくれるようになっている」

すべては、皓皓党の残党をすべてしとめるための罠なのだと、義宗帝がかすれた声で告げた。

「流れ星と龍舟競技と皇后さまのご懐妊のすべてを使って、罠を仕掛けたとおっしゃるのですか？」

義宗帝は翠蘭の質問に静かにうなずいた。

翠蘭は呆然とする。さっきまで華やかで楽しい競技だと感心して見ていた自分は暢気《のんき》すぎた。

――毎回そうだけど、陛下は、私を手のひらで転がしすぎる。

といっても今回は転がされたわけではないのだけれど。翠蘭は単に龍舟競技を楽しく観戦していただけだ。

「そんな顔をするな。――それとは別に、妃嬪たちと宦官たちの気晴らしになるといいと願った気持ちもあるのだよ？　さらに、官僚たち、そして南都の民びとには〝後宮は平和である〟と伝えられる」

自分はどんな顔をしていたのだろうと思いながら、翠蘭は「はい」とうなずいた。たぶん「解せぬ」とか「また自分は置いてきぼりだった」とかそういう残念な顔をしていたに違いない。

「許す。顔を上げよ。今宵の宴は坤寧宮《こんねいきゅう》の広間で行われる。競いあった者たちみなが酒を酌み交わし、美味を楽しみ、互いの健闘を称えあう。だが、そなたは宴に顔を出さず、水月宮で過ごすことを命じる」

「はっ。もとよりそのつもりでございます。競技に参加をしていなかった私が、どうして互いを称え合う祝いの場に参加できましょう」

翠蘭は拱手《きょうしゅ》して畏まって述べた。義宗帝の思惑を聞いてしまった以上、平気な顔で、宴に出られそうにない。翠蘭は思うことが素直に顔に出がちだ。うっかりいらないことを口走ることも多い。命じられなくても、宴の参加は全力で拒否したい。

「そのかわり、十日後に、そなたの水月宮であらためて玉風と銀泉を祝うことにしよう。

淑妃に、皇后──それに貴妃の花蝶も呼ぶことを許す」

翠蘭の口から「ええっ」という戸惑いの声が溢れ落ちた。

義宗帝は翠蘭が見慣れた、内心が一切窺えない、取り繕う仮面のような笑顔であった。

＊

龍舟争いの日の夕暮れである。

後宮の才人──玉風が、水に濡れると文字が浮き上がる白紙の書を手に、

「このような素晴らしいものを読ませていただけるとは、光栄でございます。この書物を、ひとまず〝偽白書〟と、そう名付けましょう」

うっとりとした顔でそう言った。

義宗帝は机に片肘をついて彼女の言葉を聞いている。

玉風は書物を読み終えると、いつも、満足した猫みたいな顔をする。彼女にとって、知ることは喜びなのだろう。

だから義宗帝は、玉風に、たくさんの書物と木簡と、それらを読みふけることのできるひとりきりで過ごせる宮をひとつ与えた。宮の名は、冷泉宮《れいせいきゅう》。四つの辺に建物を置き、中央を庭園とするごく普通の四合院で、あちこちがすすけたつましいものであったが、玉

風は屋根と壁があればそれで充分だと言い切って、幸せそうに笑っていた。

——できれば窓はないほうがいい。本が傷むからとも言っていた。

夜の宴の時間まではまだ一刻以上、時がある。

玉風と義宗帝は「本のために」窓を閉め切った薄暗い冷泉宮で、人払いをしてふたりきりで閉じこもっていた。

——宦官たちは、龍舟競技で一位の座を取った彼女に褒美として加護を与えているのだと思っているのだろう。

けれど義宗帝は玉風に寵愛を渡したことはない。一度としてないのであった。

彼女と義宗帝は道術や地相学などの学問の話をしているだけだ。

「いかにも胡散臭い名前だが、それでいいのか？」

義宗帝の言葉に玉風が声をあげて笑った。

「はい。中身が中身です。奇書ですから、偽の文字をつけておいたほうがいいと思います。名前をつけると、実体がその名前に引きずられる。曖昧に広がっていた得体のしれないものは、名付けられることで、その名で表した型におさまる。巫術や、呪詛返し、祓いなどはそういうものなのです。ですから——これは偽白書でいいのです」

偽という型におさめたい内容なのだと暗にそう認めている。

義宗帝は彼女の耳朶《じだ》で銀の耳飾りが揺れているのを、見るともなく見つめる。

美女揃いの後宮のなかで、玉風の容姿はこれといって抜きん出たものではない。が、彼女の立ち居振る舞いには素朴な美しさが、彼女の目の奥には叡智《えいち》の輝きが宿っている。熱をもって彼女が語りだすさまは、聞いていて、とても心地がいい。

玉風は書物の頁《ページ》を捲りながら、明るく語る。

「特にこのあたり——出だしの神話は、偽白書ならではのものと存じます。こちらの書物、陛下はお読みになったのですよね。はじまりが興味深いとお思いになりませんでしたか?」

「ああ、実に興味深い」

この問いかけはもはや儀式のようなものだ。読んだと応じても、読んでいないと否定しても、興味深いと同意しても、興味を惹かれなかったと否定しても、どちらにしろ玉風は、その日、気になった箇所を朗読しはじめる。

今日もまた「この出だしが」とひと言告げて、軽く咳払いをした後、玉風が朗読をする。


——始祖の龍は乙女であった——

「かつてまだ神話が人びとの心に息づいている時代、麗しい龍の乙女は華封の大河を大地に産み落とした。龍は水をあやつり、気まぐれに大河を氾濫《はんらん》させた。人びとはあるときから、彼女に生贄《いけにえ》を献げ、機嫌をとるようになった。彼女は、別に、人など食わずとも生きていけるのに、押しつけられたものだから仕方なく最初のうちは人を食べた……」

宝和宮にある歴代龍たちが綴った白紙の手記にはそう書かれていたのである。

これでこそ神話ですよねと、玉風がまたもやうっとりとして言う。義宗帝は、なにがどう「これでこそ」なのか理解できないので曖昧に微笑んで、問いかけた。

「そなたは、その先も読んだのか？」

「はい。読みました」

龍の乙女は、生贄を食べたが美味しいと思えなかった。いやいや食べてみたけれど、むしろ果実のほうが美味であるという結論に達し、あるときから生贄を食べずそのまま帰すことにした。

偽白書ではそのように綴られている。馬鹿馬鹿しいような、どうしようもない神話であった。

「くだらない物語だと思わなかったか？」

思わずそう聞いてみた。

「いえ。どのような物語にも真実が隠されている。このお話も、とても、ためになりました。この部分で龍は肉食ではなく草食だったことがわかりました」

玉風があまりにも真剣なので、義宗帝は眉間にしわを寄せる。

「私は龍の末裔である。だが、私は肉も美味だと思っている。龍が皆、草食だと思わぬほうがいい」

真面目に書物を読み解く玉風の姿勢を尊重し、すべてを否定するのではなく、別な角度からの問いかけとして提案する。

「はい。すべての龍が果物だけで生きていると思わないようにいたします。ご助言に感謝いたします、陛下」

そうして玉風は、ふと微笑んだ。溢れ落ちた笑顔はすぐにかき消え、取り澄ましたものに変わる。

「陛下も冗談をおっしゃるのですね」

玉風の言葉に「冗談ではなく真実だ」と応じると玉風はまた笑った。

重ねて義宗帝は「真実だ」と重々しく告げ、玉風が慎み深く胸の前で両手を組んで「はっ」と頭を下げた。

「私の告げた真実を笑うことを許そう。――そなたの偽白書の考察を続けることを命ずる」

「はい。ありがとう存じます。初代の龍が生贄に手をつけずに帰すようになったことで、人は、よけいに大河に生贄を献げるようになったとありますよね。……このあたりの流れも納得できます。大河の氾濫を止めるための生贄が、龍神から手つかずで戻されたなら〝気にくわずに戻されたのか〟と慌てるでしょうから。だとしたらもっとものすごい災害を起こされるかもしれないと怖れます。是が非でも、龍の乙女の意に添う者を生贄にしなくてはとさまざまな人間を用意し、大河に供えた……」

龍の乙女は水をあやつることができ、川も滝も湖も海ですら、その乙女の前でひれ伏したと記載されている。

――水を使う龍の一族。正しく、私に伝わる力だ。

玉風の語る物語の続きを義宗帝が引き取って語る。

「龍の乙女は、追い返しても追い返しても送られてくる人間に辟易《へきえき》し、とうとうひとりの男を選んで、彼女の暮らす水郷に留め置いた」

玉風が少しだけ悲しそうにして、つぶやいた。

「恋をしたのでしょうね。龍の乙女は」

玉風の言葉に義宗帝は怪訝そうに聞き返す。

「生贄の男に？　ひとめで？」

「はい」

「中身も知らずに？」

「はい。見た目だけで恋をすることもあるのです」

玉風が困ったように両方の眉尻を下げた。

しおしおとうなだれる玉風の「乙女心」を義宗帝はうっすらと理解している。

玉風は義宗帝に淡い憧れを抱いている。自分に刃を向ける妃嬪が多い後宮で、玉風のような妃嬪は希有である。かつてなら義宗帝は彼女の肌に触れただろう。龍床に侍らせるための伽札《とぎふだ》を渡しただろう。

が、いまは、もう伽札は翠蘭にしか渡さないと決めたのだ。

「そなたは知恵のある妃嬪だ。愚かな恋に身を任せぬことのないよう心がけよ」

義宗帝の言葉に、さらに玉風がうなだれた。

「はい……」

「ところで、偽白書からそなたは他になにを読み取る？」

「そうですね。龍と人とのあいだでも子をなし得ることがわかりました。興味深いことです。それから——いつからとはっきりと記載はされておりませんでしたが、龍の乙女は、生贄と会ううちに、龍としての形を取ることをやめてしまったことがわかります。生贄たちのうちの誰かが、見た目を怖がって怯えたりしたのかもしれませんね。一方で龍の乙女は正気を失うと龍体に戻りもする。つまり、龍は姿かたちを自在に変えることもできるということですね」

気を取り直したように玉風が言う。

——龍の乙女は深き悲しみに囚われて龍体と化し水を天に返した。星ぼしも月も水に覆われ地と天が覆った。正気を失いし赤く染まる瞳の乙女を救わんと贄は剣を携えて彼女の心臓を貫き給う。かくして龍の乙女は水底に沈み――

「なるほど。そうか」

義宗帝は自分の手を見る。自分は龍の末裔である。いままでこの形を変えようと念じたことはなかったが、もしかしたら変えられるのかもしれない。人としての形を捨て、真の龍の姿に。

「怖がらせたままでよかったのに」

ふと玉風がつぶやいた。

「どうしてだ？」

「いっそ龍の形のままであれば人間たちは龍の乙女をだまそうとしなかったかもしれないのに。見目麗しい、若い、女人の姿を選んだことで、生贄の男と添い遂げることになったのですから。そのうえで生贄の男に心臓を貫かれて……」

玉風はつい溢れてしまったかのようにそう続けた。生贄の男に我が身をなぞらえたのか、それとも龍の乙女の側か。

「龍の形のままならば人は龍と連れ添わなかった、と？　龍の形は――龍であるということは、醜く、怖ろしいものか？」

「あ……申し訳ございません」

自分がなにを口走ったのかに気づいて、玉風が青ざめて謝罪する。

「許す。偽白書とそなたが名付けたのだし、その史書は偽物だ。──話を続けよ」

「はい……」

玉風は偽白書に書かれた物語をなぞって語る。

「剣に貫かれるその前に、生贄のひとりと結ばれた龍の乙女は懐妊し、子を産んだ。添い遂げた、もとは生贄であった男とのあいだに産んだ子を、宰相の一族に奪われ、取り引きを持ちかけられた。男と子を殺されたくなければ、言うことをきくように、と。乙女は、自分の子の命を守るために、龍の力を使うよう手引きされ──龍の力をふるって他国の領土を略奪した」

華封の祖は八百年前に後周最後の皇帝から禅譲を受けて建国した、と偽白書にしるされている。

龍の乙女は宰相の一族との取り引きに応じた。

我が子のため──さらに愛する男のために──。

──力はあるが、無知で、無垢。

「華封の建国の伝承となっておりますが、これが真実なら宰相の一族は隠したいでしょうね。純朴な龍の乙女を、宰相の一族が欲望のままに取り込んだのがはじまりってことですもの。とはいえとにかく無事に華封は建国し宰相の一族は始祖の龍である若い乙女に皇后の座を与えた。――華封のはじまりは、女帝の国だったのですね」

華封の人びとは龍の乙女の力を欲した。

彼女の魂でもなく愛でもなく、その力だけを欲した。

偽白書を信じるならば――華封の南都は、龍の乙女の力を封印するために道士たちの呪術をもって設計された呪いのくびきであった。

丹陽城もまた同じ。そして後宮も。

「生贄にされた夫君は、見目麗しいけれどもともとは富も地位も才覚も知恵もない人で、皇后の婿として華封の頂点に立った途端に、あっというまに堕ちていく。貴族たちの言いなりになって、自分が皇帝の座について、龍の乙女を皇后の座からおろし、後宮の檻に閉じ込めた。――龍の乙女だけではなく、夫君もまた、愚かですよね。最初の気持ちのまま、龍の乙女を愛しぬけばよかったのに……まわりの人間たちに籠絡され、龍の乙女をたぶらかし、呪術の鎖をつないで彼女を後宮から出られないようにするなんて」

玉風が憤慨した口調で言う。

「この偽白書で、やっと私は後宮の設計のおかしさが腑に落ちました。ここまで陰陽の陰の気に満ちた場で、すべての龍脈を断ち切って、鬼門に向けて力を放出させる設計は地相学を学んだものが本気で〝龍〟を閉じ込めようとした結果なのですね。道士たちは念入りに呪術をかけた。龍の乙女の逃亡が怖かったからなのか、それとも龍の乙女そのものが怖かったのか。後宮の設計には、だって愛がない。呪いしかない。美しくない」

歴史はくり返されるのだと義宗帝は思う。夏往国が龍の力を欲して華封の王族にしているのとまったく同じことを、かつて、華封の貴族たちは龍の乙女に行ったのだ。

華封国の始祖は皇后。次に夫であった「力のない」優帝《ゆうてい》。その後にまだ幼い「龍の力が発現した」武帝《ぶてい》が玉座に座った。武帝を傀儡とするために、貴族たちは彼を皇后から引き離し、育て——皇后の力を封印するために後宮という呪術の檻を作った。

「龍の乙女は水底に沈む。そして華封の貴族の命を受けた当時の道士たちは、そのまま池に呪術をかけ、霊廟を建てて龍の乙女を封じた。偽白書を信じるならば、龍の乙女の身体はずっと後宮の池の底につながれている。それであの霊廟に陰の気が溜まっているんだわ。人が龍の霊廟にいくと不調にとらわれるのは、気が乱されるから。なにもかもが、呪い。この国は建国のそのときからずっと呪われていたのですね……」

玉風が悲しげに目を伏せた。

「龍の力は、水と、陰の気を後宮と国に引寄せ、くびきとなっております。このままではいずれ国に災禍が起きるでしょう。偽白書にしるされている、たびたびの、龍が荒ぶるという記述は、おそらく水難のことです」

「で、あろうな。治水を行った龍帝の手記もある」

義宗帝がうなずくと、玉風が心配そうな顔をした。

「ならばその呪いを解かなくてはならぬ。解けないとしても、なにか別な方策をとれるはずだ。そのためにそなたの力が必要だ」

義宗帝の言葉を玉風が真摯に聞いている。

「そもそも、私は、いずれ後宮を解散するつもりだ。妃嬪たちはみな後宮の外に解放しよう。そなたも」

「え」

玉風が驚いたように目を見開いた。

「ほとんどの後宮の妃嬪たちの望みは、ここから解放されて外に出ること。――私は龍の末裔である。善き龍として、妃嬪たちの望みを叶える術を探している。だが、後宮の解散は、私の力だけでは無理だ」

私だけでは無理なのだと、義宗帝は自然と同じ言葉をくり返していた。

「そなたをはじめ、後宮の妃嬪たち、宦官たちに私は頭を垂れようと思っている。外廷で、これはと頼める官僚にも頭を下げている。この偽白書の存在は人びとを混乱させるだろう。が、この内容を隠し通せるとも思っていない。偽白書については、昭儀にもかいつまんで伝えている」

「昭儀さまに……はい」

声の震えと、まなざしの揺らぎで、玉風の落胆が伝わってきた。偽白書は、玉風と義宗帝ふたりだけの秘密ではないのだと知り落胆したのかもしれない。

どうやら自分は玉風の心の端を、少しだけ握りつぶしたのだとわかった。

けれどすぐに玉風は気を取り直したようである。

「……でしたら偽白書を書き写し、昭儀さまにお渡ししてもいいですか」

義宗帝は「許す」と告げる。

「後宮から無事に解放された暁《あかつき》には、そなたは、まっすぐに学問の道を進むがよい。この先、後宮の外に出るならば、そなたの知恵がそなたを救う」

玉風が「はい」と慎ましくうなずいた。

「呪いについて、私は実は……」

義宗帝が抱いていた疑問と新たな解決策を提示すると、玉風は興味深げに聞いている。

彼女の耳元で、耳飾りがしゃらしゃらと涼しい音をさせて揺れていた。

2

南都の外れの土手ぶちで、ひとりの少年が紙鳶《しえん》——鳶《とび》の形に折られた紙を大事そうに抱え、空を見上げていた。

もともと平らな一枚の紙を折ったり、曲げたりして、鳶の形に加工したそれは、少年の宝物であった。風が吹くのにあわせてそうっと手を離すと、生きているみたいに空を飛ぶ。

——猪児《ちょじ》、あなた、私のかわりにこれを持っていてくれる？　一枚の紙を、折って、鳶の形にしてみたの。紙鳶って名前をつけたわ。鳶の形に似ているから。これはね、空を飛ぶのよ。

手渡されたのは、七年前だ。

猪児にそう言って笑いかけたのは南都の貧しい学者の娘——馮秋華。とてつもない美人で、とてつもなく賢くて、とてつもなく優しい彼女は紙鳶を猪児に渡してすぐに後宮に嫁いで、いまは淑妃の位を得ていると聞いた。

猪児は、手にした紙鳶の、折り目を荒れた指で撫でつける。秋華がこれを手渡してくれたときは真っ白でぴんとしていた紙鳶だが、いまはもうくたびれてしまっている。折り目の端が破け、色は黄ばみ、ところどころなんの汚れかわからない染みがついている。

猪児の両親は金勘定はできるのに文字が読めないせいで、悪い商人にしょっちゅうだまされていた。ある日、一念発起して、文字を習おうとした父がいきついたのが、纏足で、いつも自宅でひとりで本を読んでいた秋華だった。秋華が物知りで、かつ、外に出られない子どもだったから。彼女はまだ幼いから、ものを習うのに、金銭ではなく庭でとれた渋柿を干したもので手を打ってくれるのだと、猪児の親が得意げに笑っていた。

相手は子どもだから、金は払わなくていいんだとずるい顔で笑う親は、自分たちをだます商人と同じ顔をしていた。

でも学者先生に知られたらなにを言われるかわからないから、黙っていようなと両親はこそこそと話していた。おとながいないときに家を訪ねて、自分らじゃ読めない書類を干し柿で読んでもらうんだ。

すぐに猪児の父が秋華を訪ねていることに秋華の親が気づき、追い払われることになってしまったのだけれど。

秋華は猪児の親が家を訪れなくなってから、人を使って、猪児だけを自分の部屋に呼び寄せた。ふたりきりで会ったのは、そのたった一度だけ。たしかあのとき秋華は十一歳で、猪児は七歳。

──折り方を教えてあげる。

高級なのだろう薄くて白い紙を、秋華が器用に折ってみせた。磨かれた爪とすべすべの白い指。どぎまぎとする猪児の手に手を重ね、秋華が耳元でささやいた。

「紙鳶はなんのお守りにもならないし、お金になるようなものでもない。でも、あなたがこの後、どこにでもいけるように願って折るわ。空までも飛んでいけるように。自由で、幸せであるように。つらくなったら地面ではなく空を見上げましょう」

秋華は笑い、一緒に折った紙鳶を渡してくれた。

見上げましょうと、彼女は言った。見上げなさい、ではなく「見上げましょう」と。

思い返すと胸の奥がじわじわと疼き、泣きそうになる。

──後宮に嫁いで幸せに暮らしているって信じてたけど、空に星が流れたんだ。

遠い北の地で反乱軍が決起したのだと噂で聞いた。志を同じくする者たちが皓皓党というその軍に集っているのだという。移動するごとに人の数を増した皓皓党を指揮しているのは、南都を追われた元将軍なのだそうだ。

──後宮に嫁いだ将軍の妹、徳妃さまが、夏往に連れ去られてなぶり殺されたって。いつまであんな甘っちょろい無能な皇帝を頂いているつもりなのかって。夏往国の属国であることに甘んじているなら未来はないって。

空は高く、からりと晴れている。夏のぬるい風が、猛々しいくらいに生い茂った緑の葉を揺らしている。

ざわざわ。ざわざわ。

葉と枝が擦れあう音にあわせて、猪児の心の奥もざわざわと嫌な音をたてはじめる。

猪児はくたびれてしまった紙鳶を両手で掲げ、空を見上げる。このまま片手で狙いを定めて空に放てば、紙鳶は空を飛翔する。室内で何度もたしかめた。とはいえ、いずれ地面に落ちるのだ。どこまでも飛んでいきはしないのだ。

——不吉な星が空を流れたんだ。

猪児も禍々しい赤い星が流れ落ちるのを見た。猪児だけではなく数多の人びとがあの夜、目の奥に焼きつくような輝きを放ちながら墜ちていった星を見上げた。

——皓皓党に大義があるって、みんなが噂している。いま後宮にいる淑妃さまは、実は華封国の皇帝の末裔なんだって。それを義宗帝が隠しているって。

血縁の婚姻は獣のすること。知らず嫁いだ淑妃に非はないが、嫁がせた義宗帝は罰を受けるべし。

玉座に座る値なし。

——本当に、そうなのかな。たしかに秋華は、まばゆいくらいに綺麗で賢くて優しかったから、皇族であってもおかしくないけどさ。

だったらどうして南都の貧しい学者の家で育てられていたんだ？

＊

そうして場所はうつり——南都の後宮、淑妃の暮らす明鏡宮。

龍舟競技の七日後の午後である。

義宗帝は翠蘭を伴って明鏡宮を訪れた。明鏡宮は翠蘭の水月宮の倍以上の広さがある。前庭に、中庭がふたつに奥庭がひとつ、広間はふたつ。部屋数もまた水月宮よりずっと多い。

花門をくぐると、

「陛下、こちらでございます」

「昭儀さまも、ようこそいらしてくださいました。明鏡宮にお越しいただけて嬉しゅうございます。どうぞ、こちらに」

と、ざっと見て十人以上の宮女たちが駆け寄ってきた。

宮女たちは撫子《なでしこ》や薔薇《ばら》の花を刺繍した薄紅や紫といった鮮やかな襦裙《じゅくん》に、羽化したての蟬の羽の色に似た、淡くひかる緑の領巾を身に纏っている。

翠蘭は「ありがとう」とうなずいて、いつものように宮女の手を取ろうとした。無意識だった。だれが相手でも翠蘭は、自分を出迎えてくれた女性の手を握って、笑いかける。

ついでに周囲に気を配り、護衛する。そういう癖がついている。

けれど今回は違った。さっと手を出した翠蘭の手を握ったのは、宮女ではなく義宗帝だった。宮女と翠蘭のあいだに身体を斜めにして割り入り、宮女たちを遠ざけて笑顔である。

「私の手を取ることを許す」

義宗帝が告げ、翠蘭は「はっ」とうつむいた。

翠蘭は義宗帝とふたりで手をつないで明鏡宮の廊下を歩きだす。宮女たちは「あら、まあ」と顔を見合わせてからくすくすと笑い声をあげ、蝶のようにひらひらと義宗帝と翠蘭のまわりを取り巻きながら、ついてくる。

——なんの辱めを受けているのだ、これは⁉

晴天の青空に暢気な羊みたいな雲がふわふわと浮かんでいる。ぬるい風が翠蘭の頬を撫でていく。

通されたのは中庭で、淑妃は石造りの卓子《たくし》に肘をつき、椅子に座っていた。夏の暑さに倦んでいるかのように少し気怠るげなのが、かえって妙になまめかしくて美しかった。今日の淑妃は髪を双輪に結い上げて、薔薇を象った銀細工の簪を挿していた。頬杖をつき、うつむくと、髪に飾った歩揺《ほよう》が揺れて日を反射させてきらきらとひかる。

すべてがまぶしいもののように感じられ、翠蘭は目を細め、立ち止まろうとした。遠目でじっくりと鑑賞したいような美貌だったのである。

が、義宗帝は翠蘭の手を握ったまま、ずんずんと先に進んでいく。

淑妃は近づいてくる義宗帝と翠蘭に気がついて、花が開くような笑顔になった。すっと立ち上がり拱手する淑妃に義宗帝が軽く手を掲げる。

「顔を上げよ」

「はい。陛下」

「さっそくだが事前に頼んでいたとおりに、そなたの龍舟を見せてくれ。おもしろい仕掛けを昭儀が見たがっているのだ」

義宗帝がちらりと翠蘭を見て、言った。

「はい。陛下。昭儀は実際に足で漕いでみたいと思われる方でしょうから、奥庭の池に浮かべて用意しております」

「うむ。そなたも昭儀のことをよくわかっているようだな」

鷹揚《おうよう》に義宗帝がうなずき、淑妃が莞爾と微笑んだ。

「では……奥庭に」

と告げてから、淑妃が翠蘭と義宗帝のつないでいる手に視線を止める。

「仲睦まじいご様子ですこと。少し妬いてしまいますわね」

淑妃は唇を尖らせて、翠蘭を上目遣いで見上げる。

嫉妬というものを知ってしまった翠蘭は、淑妃のいまの心境を慮《おもんぱか》って、青ざめた。しかし義宗帝がつないできた手だ。振り払うわけにもいかないし、謝罪をすると、自ら手を握ってきた義宗帝のふるまいに異を唱えたと受け止められそうだ。全方向にうまく取り繕って全員の立場を守ることのできるふるまいが、まったくわからない。

固まってしまった翠蘭を淑妃はじっと見つめ、すぐに小鳥みたいな笑い声をあげた。

「誤解されているようですわ。私が妬いているのは昭儀に関してですよ？　私だって昭儀と手をつないで歩きたいのですもの」

そう言って淑妃が翠蘭の「あいている側」の腕に、腕をからめる。しなだれかかって、甘く優しい声で「お願い。こちらの手はあいているのでしょう？　私に腕を貸して」とささやいた。

「あ……はい」

翠蘭が言ったのと同時に、

「だめだ」

義宗帝がむっとして応じる。

「あら。陛下が妬いていらっしゃるのを、私、はじめて見たわ。おもしろい」

淑妃が目を丸くした。

「でしたら、陛下に私を支えていただいてもいいでしょうか」

「許す」

義宗帝と淑妃のあいだで話がまとまった。淑妃は澄まし顔で義宗帝のあいている側の腕に手をからめ「あなたたちはお茶の用意をしておいて」とまわりを囲む宮女たちに命じた。

宮女たちが畏まって頭を下げて、さっと散る。

「龍舟と火薬を陛下と昭儀に見ていただいてから、みんなでお茶を飲みましょう」

――龍舟と、火薬⁉

さっきから翠蘭は慌ててばかりだ。龍舟はともかく火薬を見せてくれるのか？

義宗帝は右に翠蘭、左に淑妃と並んで手をつなぎ、ゆっくりと歩きだす。

「龍舟競技で三位になった褒美にと、陛下と皇后さまがふたりで、私に、火薬を作る許可をくださいましたこと、まことに嬉しゅうございました。感謝しております」

淑妃が言う。

翠蘭は自分の横の義宗帝を見上げる。淑妃の声は聞こえるけれど、義宗帝があいだにはさまっていることで、淑妃がどんな表情で話をしているのかよく見えない。

義宗帝はいつも通りに綺麗な顔で、口角をわずかに上げて笑っている。

翠蘭が聞いてはならないことを淑妃が言いだしたらたしなめるだろうから、彼が黙っているのなら、火薬の話を聞いていてもいいのだろう。

「正式な場で認めていただけたので、大手をふって明鏡宮でひとりで火薬の調合をしておりました。もちろん火の元に充分気をつけて過ごしておりますし、このために作った陶器の壺に入れ、蓋をして蔵に並べて保管しております。先に火薬を見ていただきたいのです。火薬の大敵は湿気です。蔵は水気もなく、涼しく、暗い。水場から、濡れた手や足をそのままで火薬を置いている蔵にいくのは、避けていただきたいの。お願いいたします」

淑妃の柔らかい「お願い」は、ほとんど命令のようなものだ。義宗帝はどうするのかと翠蘭が様子を窺っていたら「許す」のひと言が放たれた。

「ありがとう存じます。では先に蔵にいきましょう」

淑妃がうきうきした言い方で義宗帝と翠蘭を伴って、中庭にある蔵に向かった。どうやらそのつもりで中庭で座って待っていたらしい。

蔵の扉に大きな南京錠がぶら下げられている。淑妃は帯のあいだから布で包んだ鍵を取りだし、開錠する。

軋《きし》む音をさせて扉が開くと、差し込んだ光が床に細長くのびる。薄暗い蔵の奥で、壁に向かっていくつもの陶器の壺が床に並べられているのが見えた。すべて同じ形の縦に一尺ほどの大きさの丸い陶器で、蓋がしてある。ざっくり見ただけで百個をこえている。淑妃がこつこつと火薬を調合し、壺につめたのかと思うと、眩暈《めまい》がしそうだった。

淑妃は義宗帝の手を離し、先に進む。陶器の壺が床に均等な距離で並んでいるのを見下ろしてから、くるりと身体を翻して反転させ、翠蘭を見た。

「妙に静かね。昭儀は、実は体調が悪いのではなくて？　大丈夫？」

淑妃が怪訝そうに眉をひそめ、ささやいた。

「いえ。いたって健康です」

真面目に応じると、淑妃が近づいてきて翠蘭の顔を下から覗き込んだ。検分するように目を細め、疑う口調になる。

「そうなの？　私、昭儀だったら絶対に火薬も見たがるし、実際に自分の手で爆発したがると思っていたのよ。火をつけようとする昭儀をどうやって押しとどめたらいいのかしらとそれを楽しみにしていたのに——どうしたの。いつものあなたなら、すぐに壺を数えて、これだけ数があるならひとつくらい試しに爆発させましょうって言うんじゃあないの？」

「淑妃さまにとって私はいったいどのような人物なのですか……」

「火薬を見たら爆発させてみたくなるような人物よ？」

翠蘭が絶句していると、義宗帝が割って入った。

「いや、そこは違う。昭儀は案外と手堅いところがあるのだ。淑妃のまわりでは、このあいだ、大きな火事が起きたばかりだ。それを慮って、念のため、火薬を爆発させないほうがいいという配慮をしたのであろう。昭儀は、ここぞというときに勝手に身体が動いてしまうだけで、平時はわりと常識的な判断をすることもできる妃嬪である」

義宗帝はなぜか得意げに胸を張っている。

「……すること〝も〟？」

声がもれた。

褒めてくれているのだが、ちっとも嬉しくない。うちの犬はよく躾《しつ》けられているので「ときどきは」お利口なのだと言い張っている飼い主みたいな言い分だ。しかし若干、思いあたる部分がある。後宮に来てからこのかた、翠蘭は「うっかり」身体を動かしたせいで、義宗帝に無理難題を申しつけられてきているので。

「つまり、いまは、ここぞというときではないのですね」

淑妃が言った。

「そうだ。いまは、火薬を爆発させるべき場面ではない」

深くうなずく義宗帝に、淑妃が「せっかく昭儀のために場を用意しておきましたのに。広い場所を空けて、奥庭に宮女たちに火を運ばせていたのですよ。万が一のことがあってもあそこなら池があるから大丈夫だと思って」と頰をふくらませている。

「申し訳ございません」

別に悪いことはしていないのに、どうしてか謝罪したほうがいい雰囲気になったので、翠蘭は頭を下げた。再度、思う。自分は淑妃に、ちょっと火薬を爆発させてくれと頼むような人間だと思われていたのか、と。

淑妃がくすりと笑って「いいのよ。許してあげるわ。だってあなたには借りがあるのですもの」とつぶやいて、翠蘭の身体にしなだれかかり、

「――陛下は褒め言葉の使い方が下手ね」

翠蘭にだけ聞こえる小声でささやいて、すぐに離れた。

「でも、羨ましいくらいの信頼でございます。私も陛下にそのような言葉を賜れるよう精進いたします」

翠蘭から離れた淑妃が、とりなすように義宗帝の言葉を解釈してくれた。翠蘭は「そういう意味の褒め言葉だったのだろうか」と目を白黒させた。

義宗帝の難解な褒め言葉も、淑妃の翠蘭に対する人物評価も、両方とも翠蘭に衝撃を与えた。

そんな翠蘭を置いてきぼりで、義宗帝と淑妃は互いのことを理解した面持ちで、笑顔でうなずきあっていた。

「案ずるな。そなたはそなたで、充分な信頼を得ている。足で漕ぐ龍舟を作り、龍舟競技で健闘した。火をつけて爆発させれば岩も砕く火薬の発明もした。そなたには叡智の閃きがあり、しかも努力することを知っている」

義宗帝が淑妃に告げる。

「嬉しゅうございます。ありがとうございます」

「ああ。私は昔から頼もしく思っている。そなたは一度決めたことをやり遂げる力がある妃嬪である」

「あら、すごく褒めてくださるのですね。ちょっと怖くなってまいりました」

淑妃が若干、引いた口調でそう言って、義宗帝は狼狽《うろた》えたように「……怖い、か」と眉をひそめた。

そして眉間にしわを寄せたまま、

「私は龍の末裔である。怖がることも許そう」

と重々しく告げた。

——なんなんだ、この会話は？

翠蘭はふたりの顔を交互に見つめてから、壁の前に並んだ陶器に向き合う。どういう反応をすればいいのか判断ができず、無言で並んだ壺を凝視する。

意味もなくかがみ込み、手近な壺の表面をざらりと撫でる。座り込んで床を見ると、少し先の壺の下に、なにかが挟まっていることに気がついた。指をのばして確認する。

どうやら紙切れが壺の下敷きになっているようだ。

そろそろと壺の下から抜き取って、引き寄せる。

「どうしたの？」

淑妃が翠蘭に問いかけた。

「……これが下に挟まっていました」

——折り目がついた紙だった。

縦横に五寸程度の薄い紙である。裏おもてに返してみたが、白紙である。ただし一度、折り畳んでから広げたものらしく、いくつもの畳みじわがついていた。

「……紙？　どうしてそんなものが」

淑妃が翠蘭に手を差し出す。その紙を寄こせという意味だ。素直に翠蘭が紙を手渡すと、淑妃は手にしたそれを見て、

「私が落としたものだわ。捜していたの。こんなところにあっただなんて。拾ってくれて、ありがとう」

と、紙を自分の帯のあいだに差し込んだ。

淑妃の様子を怪訝に思って押し黙った翠蘭を、義宗帝がじっと見ている。続いて、義宗帝の視線は翠蘭から淑妃にうつった。

翠蘭が気づくのだから、義宗帝も違和感を覚えているだろう。それでも義宗帝が追及しないなら、翠蘭が咎める必要はない。

ただ、唐突に生まれた沈黙にいたたまれなくなり、翠蘭は話題をかえた。並んだ火薬の壺をひとつ、ふたつと声に出して確認し、数えてみる。

「……それにしても淑妃さま、おひとりでよくぞこんなにたくさん火薬の調合をされましたね。大変だったのではないですか。全部で……百十個……」

翠蘭の言葉に淑妃がはっとしたように翠蘭を見て、聞き返してくる。

「百十個と、いまおっしゃった？」

「はい」

翠蘭の返事に、淑妃は真顔になった。翠蘭の隣に立って、壺をひとつ、ふたつと指で差し示して数えだす。

「……本当だわ。百十。どうしましょう」

淑妃が顎に指を添え、困惑したようにそう続けた。

「どうしましょうとは……どういうことでしょうか」

翠蘭は先刻までの会話のさらに斜め下か、もしくは斜め上なことを言われそうな気がして、おずおずと尋ねる。

しかし――。

「数が足りないのです。百十一個並べていたはずなのよ。陛下が、昭儀を連れていらっしゃることがわかっていたから、ちゃんと数えて並べていたの。あなたが爆発させようとするだろうと思い込んで、予備にもうひとつ、作っておいた」

なにか言いたい気がして口を開きかけた翠蘭を尻目に、淑妃が難しい顔で、つぶやく。

「もしかして盗まれたのかしら」

「はい？」

翠蘭の声がひっくり返った。まさか、だ。

「なるほど。その可能性もある。龍舟競技の宴の際に、私と皇后は、そなたに火薬を作る許可を与えた。明鏡宮に火薬があることを後宮の皆が知ることになった。これは事件だ」

「事件ですね」

またもや淑妃と義宗帝が顔を見合わせた。

「これは、ここぞ、ではないのかしら。昭儀の出番な気がいたしますわ」

「そうだな。ここぞ、なのかもしれぬ」

翠蘭をそっちのけで淑妃と義宗帝だけで納得しあっている。

——ここぞじゃないよ？

と——。

門の向こうで「こちらに陛下がいらっしゃると聞いております。陛下に火急の報がございます」とがなりたてる宦官の声がした。

対応した人間の声は聞こえないが、門番が宦官を通したのだろう。

「陛下。どちらにいらっしゃいますか」

騒々しい声が近づいてくる。

義宗帝の表情が一変した。瞬時に、薄く氷が張りつくように冷えて固まった義宗帝の面差しに、さっきまでの彼はずいぶんと気を許していたのだと、気づく。もしかしたら、先刻までの翠蘭と淑妃に対してのあれこれは、彼なりの冗談だったのかもしれない。

「陛下っ」

宦官が義宗帝の姿を認め、前のめりで小走りに駆け寄った。ちょこちょこと、つんのめるように走ってきた宦官が義宗帝の前で跪拝《きはい》する。

「膝を上げよ。どうした？」

義宗帝の許可を得て、宦官が顔を上げ、告げる。

「はい。陛下——逆賊の刃が抜かれました。謀反《むほん》です」

翠蘭が宦官の言葉を理解するまで少しの間があった。が、義宗帝は即時に事態を飲み込んだ。

「皓皓党か」

「はい」

「どこで決起した」

「銀州です」

「——銀州か。北の国境か？」

あらかじめ定められていたことを、それでもとりあえず確認のために聞くというような言い方だった。どこで、なにが起きるのかを、義宗帝は予知していたのだろう。

——すべて彼の思惑通りに運んでいるのね。

銀州は北の険しい山岳地帯と冷たい氷の大地に阻まれた国境の州だ。

ひとつ声を発するごとに義宗帝のまわりに張られた薄氷の厚みが増していくように思えた。美しい顔から感情が抜け落ちて、心を持つ人の姿から、造形が整った氷細工の人形に変化していくようであった。

「はい」

宦官の返事に、義宗帝がうなずく。

「そうか。動いたのだな。この話、皇后のもとにも、もうとっくに報告が届いているかもしれないが伝えねばなるまい。そなたはこのまま皇后のところに走れ。私は外廷にいく。これからの対策を話しあわねばならぬ」

声までも研ぎ澄まされ、鋭い口調になっていた。

宦官は「はっ」と拱手してから背を向けて駆けだした。

「昭儀——我が剣」

呼びかけられ、翠蘭は自然と膝を地面について跪拝の姿勢を取った。武人としての性が妃嬪としての礼儀に勝ったのは、義宗帝から、闘志に似たものを感じとったためだ。

ふわふわとした儚い美しさが剝がれ、彼の本質が剝きだしになる。

義宗帝は無情で冷たい龍という一面も持っているのだ。翠蘭は南都で、彼が出現させた水龍を、見た。川面から立ち上がった龍は、水しぶきをはね上げて、人に牙を剝いた。

花のようなただただ美しいだけの傀儡の皇帝は、見せかけの姿だ。

いま、義宗帝が隠していた偉大なる龍の牙と爪がきらりとひかったのを翠蘭は見逃さなかった。

どうやら義宗帝は本気で皓皓党に罠を仕掛け、かかった獲物を全力でしとめにかかるつもりなのだ。

「はっ」

翠蘭は義宗帝の前でうつむいて命令を待つ。

「——昭儀には、誰が火薬を盗んだのかと、その理由を調べる許可を与えよう」

義宗帝が静かに告げた。

翠蘭は慌てて顔を上げる。ぽかんとして見返す。

なにを言われるにせよ「それ」だけは予想していなかった。義宗帝から神剣を賜り、剣として側に仕えようと決めているので、ここぞというときの命令に逆らうつもりは毛頭ないのだが——ここで「それ」を命じられるのかと呆気に取られた。

「火薬の盗難事件を、私に⁉」

——皓皓党の反乱をおさえる援軍に加われというのではなく？

「ああ、そなたに。いまがここぞではなくて、いつがここぞか」

義宗帝は薄く笑った。

——皓皓党の密偵がいまだに後宮内にもいるのだとしたら……火薬を盗んで武器に使う

可能性がある。それを調べろということなのだろうか。

しかし、考えてみれば「許可を与えよう」という言い方もひっかかる。命じるのではなく「許可を与える」というのは、どういう意味なのだろう。いままでさんざん義宗帝のこういった物言いに翻弄《ほんろう》されてきていた。

彼は、嘘はつかない。ただしすべてを説明しない。

「盗まれた火薬がいまどこにあるかは調べなくてもいいのですか？」

尋ねてみた。

義宗帝は虚を衝かれた顔になってから「私のことを、わかるようになっているのだな」と、ふわりと笑った。

「此度《こたび》、私が与えるのは、誰が火薬を盗んだのかと、その理由を調べる許可だ。無理に犯人を捜しださずとも良いが、気になるものは気になる。忙しくなる前にそなたが解決してくれるなら、なによりだ」

「なによりだ？」

——絶対に解決しろっていうことではなくて？

翠蘭は首を傾げ、義宗帝は鷹揚にうなずいた。

そして義宗帝は冷たい表情で、きびすを返して去っていった。

後に残った翠蘭が呆然として立ち上がると、淑妃が小鳥みたいに囀《さえず》って、しなだれかかった。

「さすがに反乱が起きたのにお茶会に引き留めるのは無理ね。でも、昭儀は私とお茶を飲んでくださるわね」

暢気な言い方だった。淑妃にとって反乱は「その程度」のことなのだろうか。

「はい。ですがその前に蔵を調べさせてください。そして蔵のまわりも。あと、火薬の壺を最後に数えたのが誰で、いつの何時だったのか。それ以降に明鏡宮に出入りした人の名前と所属、それに……」

と応じる自分もまた、平坦な声であった。翠蘭にとって反乱は「その程度」のことではなく、大きな事件なのだけれど——義宗帝に火薬の盗難事件を調べる許可を与えられたのだから、まずそれを先にやるべきだと思ったのである。

「調べるのね。許可を与えられただけで、命じられたものではなかったのに？」

少し呆れた口調で言われた。

「はい」

「わかったわ。好きなだけ蔵を見ていってちょうだい。私も側にいてもよろしくて？」

「はい」

「一応、爆発物だから、乱暴に扱わないでね。壺を割って中身を床に撒かれると危ない」

「はい。わかっております」

淑妃は賢い小鳥みたいに首を傾げた。本当に翠蘭が「わかって」いるのかを疑っている顔つきであった。

翠蘭は自分の腕から淑妃の手をそっとはずし、かがみ込んで、綺麗に床に並べられた壺の隙間を覗き込む。端から順に点検していく。

壺ひとつは、誰でも抱えて持って歩ける大きさだ。だが、衣服の下にしのばせられるほど小さくない。これを持って蔵を出て、門扉を抜けるなら目撃者がいるはずだ。

——普通に考えて、手前から持っていく。

蔵の巾にあわせて、壺と壺のあいだは等間隔にあけて十八個。奥行きは交互にして、重なることがないように間隔をあけて、六列。整然と並べられた壺に、淑妃の几帳面さが窺える。

「どこに置いた壺が盗まれたか、見て、わかりますか？」

尋ねると淑妃は「見てすぐにわからなかったけど、手前のここでしょうね」と、床を指差す。

「そうですよね。奥から盗っていったなら、空間があいているのがわかるからすぐにばれる。それにわざわざ奥までいかないで、手前の、盗りやすいところから、盗る」

翠蘭は「おそらくここに壺があったのだろう」とおぼしき場所に這いつくばり、床を手のひらでなぞった。

「塵や埃はないし、跡もない。綺麗ですね」

「そうよ。だって、私は、新しい壺を持ち込む度に、床の掃除をしているのですもの」

「掃除を？　淑妃さまが？　宮女や宦官に頼むのではなくて、ご自身でなさっていらっしゃるのですか？」

驚いて顔を上げて問うと、淑妃は「なにかで引火したら宮が吹き飛ぶ量よ。誰かに事故の責任を押しつけるのは嫌ですもの。自分が用心するのがいちばんなのよ」と苦笑し、続けた。

「それでいくと、うちの宮女も宦官も火薬を盗んだりしないわよ。だって、私はこの火薬に高価な鶏冠石《けいかんせき》を混ぜていて、鶏冠石は触ると肌がただれるし、吸い込むと息ができなくなって死ぬこともある毒なのよと伝えているのですもの。皇后さまにもそうお伝えしているの」

「え……毒物の鶏冠石？　淑妃さまは大丈夫なのですか」

「嘘だから大丈夫よ。昭儀もわかっているでしょう？　私は自分の目的のために嘘をつくの。鶏冠石を入れなくても火薬はできる。そもそも正しい配合を人に伝えてしまったら真似されて終わり。なんの駆け引きにも使えない。だから偽の配合を広めているし、皇后さまに提出したわ。実際、鶏冠石を混ぜて作って『も』燃えるのよ。毒の煙が広まってみんな死ぬかもしれないだけで。――死ぬかもしれないものを、皇后さまは、自分で試したりしない。ただ、陛下には本当の配合をお伝えしたわ」

さらっととんでもないことを言っている。毒の煙が広まって死ぬような兵器も「作ることができる」と彼女は言っているのであった。

そういえば淑妃は、大胆で、したたかで、賢いのである。

「……蔵の鍵を持っているのは淑妃さまだけですか？」

言われた事柄を整理しながら、翠蘭は淑妃に尋ねた。

「そういうことになっているけど……あの大きな南京錠を譲ってくださったのは皇后さまなの。これを使ってと言われて渡された以上、私は、蔵にあの鍵をつける義務がある。だから、つけた。自前の、他の鍵は使わなかった。わかるでしょう？　自前の鍵を付け足したら、皇后さまを信用していないって、そう示唆《しさ》することになるもの」

それで、毒が調合されているという嘘を、物理的にではなく心理的な鍵として仕掛けたのかと納得する。そうしないと皇后の関係者が蔵のなかを好きにするかもしれないので。

「淑妃さま以外で、最後にこの蔵に入ったのは誰かご存じですか」

「昨日の夜は、ここに皇后さまの宦官の春紅《しゅんこう》が来ていたわ。火薬入りの壺が何個あるかを数えてくるようにと命じられたとかって……大きな袋を抱えて蔵に入ったのよ。火の元だと大変だから、袋の中味を確認したの。洗濯をするために持っていた汚れた下着だったわ。ひどい臭いがしていた。火薬を数えてから、自分で洗うんですって恥ずかしそうにしていて……荷物を外に置いていきなさいと言ったけど、顔を真っ赤にして抱えて蔵に入っていったの」

あの子の身体は臭っていて、かわいそうだったと、淑妃がつぶやいた。

「じゃあ皇后さまに命じられて春紅が持っていったという可能性はないのですか」

淑妃は翠蘭の疑問にふわりと笑った。

「可能性なら、いつだって、ある。ただ皇后さまは、わざわざ火薬を盗まなくても、私にひと言、譲るようにと命じてくれればそれでいいのよ。彼女が夏往国に火薬を持っていくだろうことは、私は織り込み済みよ。皇后さまもそのつもりで私に火薬の調合の許可をくださった。——そうなってくると、皇后さまに命じられて誰かが盗むというのは現実的ではないわね。唯一、理屈が通るとしたら〝それでもあえて皇后さまが盗み、私と明鏡宮の火薬の管理がずさんであったのは罪にあたると、問いただして暴室に連れていく流れを作っておく〟なら起こり得るかしら」

「え……」

たしかにそれなら辻褄があう。

そしてそれならば義宗帝のあの命じ方も納得だ。

「他には、皓皓党の密偵がまだ後宮に残っていて、武器になる火薬を盗んでいって、後宮の外の仲間に渡すという可能性もあるといえばある。どちらにしろ盗んだ犯人を見つけてもらわないと、どうにもならない」

淑妃が「だから結局、これは、ここぞという事件……なのよ。あなたに向いている」と続けて、笑みを深めた。

下から見上げた淑妃の愛らしい顔は神秘的だった。なにを考えているのかまったくわからない、ただひたすらに美しい笑顔。

——淑妃さまはときどき陛下に似ているわ。

「ここぞじゃないですけど」

と反射的に応じ、翠蘭は胸中でひとりごちる。

——とにかく淑妃さまは、嘘をついている。

火の元に気を配り、なにかあったら宮が吹き飛ぶからと自分で掃除をしていたとさっき言ったばかりである。埃ひとつ残さずにあたりの床を拭いていたのに、よりによって火がつけば燃える「紙」を彼女が落としていくはずがない。

淑妃は用心深いのだ。迂闊なことをするたちではない。

翠蘭が見つけた紙を自分の帯に差し込んだときの言葉も不思議であった。いつも理性的で、きちんと筋道が通っている彼女の言動が、今回はずいぶんと矛盾に満ちている。

「どうかしら。ここぞ、のような気がするわ。陛下は、あなたの使い道をちゃんとわかっていらっしゃるから」

「わかって……いますか？」

翠蘭自身に思いあたることはまったくない。なにをどう、わかられているのだろうかと不思議になって聞き返した。

「あなたは陛下の心の剣よ。あなたが私たちに見せてくれるものは、いつも素直で、まっすぐで、まぶしい。陛下や私には思いつかないような、善人の真心をあなたは私たちに差しだすことがある」

柔らかい微笑みが彼女の口元に浮かんでいる。

淑妃は平気で嘘をつく。それでも彼女がいま見せてくれているのは、本物の笑顔だと感じられた。彼女の嘘は、自分自身が生き抜くために使われる。そして嘘をつかないときの淑妃は、誰に対しても誠実であった。

褒められているのは、わかった。

わかったからこそ、肯定ができなかった。

「なにをおっしゃっているのか理解しかねます」

戸惑ってつぶやくと、淑妃が「そう？　理解しなくても、かまわないわ。あなたは、あなたのままでいて」と今度は悪戯《いたずら》っぽく笑った。

「あのね……この後になにが起きても、これだけは信じて。次代の龍を育む栄誉を授かるのは、皇后さまと——あとの可能性は昭儀だっていうこと。陛下は、妃嬪に無理強いしないって、あなたもわかっているわよね？　私はうまく嘘がつけるし、演技も上手いの。私は陛下の伽をつとめたことがない」

身体を寄せてひそやかな声で言う。

「陛下は龍として後宮のすべての者たちの心を慮ろうとされていらっしゃる。私はずっと清らかなままよ」

近づいた身体がまた離れた。

淑妃の言葉に理解が及んだと同時に、翠蘭の頭に疑問が浮かぶ。

——それをいま言う意味は、なんだ？

翠蘭は、彼女はやっぱり義宗帝にどことなく似ていると思い、じっと淑妃の綺麗な顔を見返した。

＊

遠い北の地で反乱軍が決起して——明鏡宮にあった火薬が紛失して——「誰が火薬を盗んだのかと、その理由を調べる許可を与えよう」と言われて三日が過ぎた。

今日の午後に、水月宮で龍舟競技の勝者を称える宴が行われることになっていた。

水月宮の朝早く——というより夜遅くの鶏鳴《けいめい》の正刻——宴の準備のために起きだした明明と雪英が、廊下を歩く足音がする。

水月宮は翠蘭含めて三名で、切り盛りをしている。普段はそれでもいいが、義宗帝に皇后、淑妃、貴妃、玉風と銀泉の六名を招待する宴の準備をするには人が足りない。

翠蘭は、耳ざとく聞きつけた足音をきっかけに素早く起きて、身繕いを済ませ、厨房に向かう。

「明明、なにか手伝うことあるかしら」

翠蘭が厨房の扉を開き、ひょいと顔を覗かせて尋ねると、

「ございません。娘娘はまだおやすみになっててください」

明明が難しい顔でそっけなく応じる。明明は、大量の野菜を刻んだものを、下ごしらえをした鶏の腹のなかに詰め込んでいる。雪英は明明の隣でおそらく小麦であろう白い粉を捏《こ》ねている。

粉か、と思う。粉を捏ねはじめるときの明明は、要注意だ。不機嫌なことが多い。

ただし今日は宴会料理を山ほど作る予定なので、機嫌の善し悪しとは無関係で単に必要だから粉を練っているだけという可能性もある。どちらだろう。

「でも起きてしまったわ。私が二度寝は不得手なの知ってるでしょう？」

小声で、ねだる言い方をした。翠蘭は、明明にだけは自然と甘えた声をだすことができ

る。そして明明は最初はそっけない対応であっても、最終的に、翠蘭の願いを聞いてくれる。

「でしたら黙ってそこに座っていらして。味見をしていただきたいときに声をかけます」

嘆息混じりに明明が折れた。

「やった。味見は得意」

笑って言うと、明明もつられたように笑った。小麦の固まりを捏ねていた雪英も、ほっとしたように笑顔になった。

今日も翠蘭は、筒袖の袍に下衣の男装姿だ。水を通したあとでしわをのばして干した麻の衣装は涼しげで、袖と襟に菖蒲《しょうぶ》の花の刺繡がほどこされている。麻は庶民の生地とされているが、しわになりやすいことを抜きにすれば、汗をよく吸い取ってくれるし、風も通すので日常着としては満点で、夏の稽古着に最適だ。

——昨日の就寝の時点で、明明は「これ」を私の今日の衣装として揃えて、置いていってくれたのよ。

明明は、なんでもお見通しだった。翠蘭が、寵愛される妃嬪としてではなく、義宗帝の「神剣」として義宗帝と妃嬪たちをもてなそうと思っていること。それから早くに起きて明明たちを手伝おうとするであろう目論見も明明には筒抜けであったのだ。そうじゃなければ「この衣装」を「昨夜のうちに」枕元に置いていかない。

明明と雪英も、菖蒲を襟と袖に刺繍した水色の衣装を身につけている。水色に菖蒲の紫と葉の緑という取り合わせは、目元の涼しい美形の明明によく似合う。明明の衣装は、裾は広めでひらひらと揺れているが、袖は筒袖という変わった出で立ちだ。調理をするときに邪魔にならないよう、上半身は布がぴったりと身体に張り付く形にしつらえた上襦は、明明独自のものである。上半身がすっきりとして、下にいくにつれて広がる衣装は、花の盛りで葉も茂った菖蒲によく似ている。刺繍ともあいまって、働く明明は、菖蒲の精のようであった。

雪英は宦官の長袍に絹の帯を締めている。雪英の襟と袖を彩る刺繍は蜻蛉《とんぼ》であった。そして長袍の裾から上部に向かい、布地と同色の糸で刺繍されているのは、菖蒲の花が丈高くのびあがって咲いている柄であった。近づいて目を凝らさなければ、同色の糸の刺繍の柄に気づけない。目立たずにほどこされた凛々《りり》しく咲く刺繍の柄に、明明の祈りがこめられている。雪英がすくすくと健康に育っていきますように。元気で幸福に、暮らしていけますように。

雪英の水色の長袍に小麦の粉が飛んでいるのを、翠蘭は目を細くして見つめる。同じに粉を捏ねるのでも、人によって違いがある。明明はものすごい勢いでびったんばったんと大きな音をたてて粉を捏ねるわりに、衣装にあまり粉を飛ばさない。一方、雪英は、慎ましい物音だけをさせて手許で小さく粉を捏ねているのに、四方八方に粉をまき散らすのだ。

その粉の飛ばし方が、愛おしいなと思う。雪英は、大人の真似を真剣にする子どもみたいに料理をする。

翠蘭は、厨房の傍らに置いてあった椅子を、雪英の隣に引きずっていき、座った。

「雪英、朝になったら春紅が来るわよ。日が昇ったらって言われてる」

翠蘭の言葉に、雪英が「え」と声をあげた。

春紅は皇后に仕える宦官だ。雪英と同じくらいの背丈で、同じくらいの年齢で、幼いときから仲良く過ごしている雪英の友人である。

「私たちだけじゃ宴の料理のすべてを作るの大変でしょう？　皇后さまにお願いをして、春紅を手伝いによこしていただくことにしたの。春紅の仕事も残しておいてあげるといいわ」

というのは建前で、実際は、春紅に火薬盗難事件について一対一で聞きたいことがあるので、呼んだのである。

「もうっ。そういう大事なことは昨日のうちにおっしゃってくださいっ」

途端、明明が目をつり上げた。

「人手が減るのは突然だと困るけど、増えるぶんにはいいんじゃあないの？」

翠蘭の反論に、明明は「これだから娘娘は」と肩を落とす。

「雪英とふたりでやるからこそその段取りがもう私の頭のなかにできあがっていたんですよ。

娘娘だって誰かと戦うときには、頭のなかでなにかしらの戦略を練ったうえで挑むでしょう？　私にとって今回の宴会は戦場で、料理は戦いなんです」

明明は、わかるような、わからないようなことを言い、雪英に顔を向けた。

「雪英、春紅はどれくらい料理ができるのかしら？」

「奴才《どさい》と同じくらいでしょうか」

戸惑った顔で応じる雪英の手に、捏ねられた小麦がぺちゃりとはりついている。

「そう。雪英と同じくらい」

明明が重々しくうなずいて、雪英の側に近づいて、板の上にさっと小麦粉を振る。そこにあった布巾で手早く手を拭い、雪英から小麦粉の種《タネ》を取り上げて、粉の上に載せる。ぎゅっぎゅっと力を込めて種を押さえつけ、粉を混ぜこんで、広げて、畳む。あっというまに種は兎くらいの大きさにまとまった。さっきまでまとまりきれずに、雪英の指に粘っこくくっついていたのと同じ種とは思えない。

「でしたら雪英と同じに、朝ご飯を作る係になっていただきましょう……」

「朝ご飯を作る係？　え、これって宴会のご馳走じゃないんですか」

雪英がきょとんと聞いた。

「そうですよ。これは朝ご飯。雪英に作ってもらうのは私たちの朝ご飯です。だって、いまから宴会の料理を作っても、冷めてしまうじゃないですか」

「じゃあこんなに朝早くに起きる必要ないじゃないの」

と聞いたのは翠蘭だ。

「私は早く起きて、やることがあるんですよ。この時間から仕込まないとならない料理があるんです。まず出汁《だし》を取りたい。鶏肉の出汁。乾燥した帆立と干した野菜からとった出汁。干した魚でとる出汁。いろんな出汁を使って、いろんな料理を作るつもりなんです。それに鶏の丸焼きの肉の仕込みは、しっかりとしないとならないし――家鴨《あひる》の丸焼きは火の番をしながら朝からじっくりと炙り続けて、皮をパリッとさせたい。どれも人に頼めるようなもんじゃあない」

明明は困り果てた顔で続けた。

「だからって、私ひとりでやりますよって言っても、あなたたちは起きてきちゃうんですもの」

翠蘭と雪英は顔を見合わせた。

「つまり明明は、わざわざ私たちのために、当たり障りのない仕事を見繕ってくれている、ということ？」

しょんぼりして聞くと、明明が「ごめんなさい。実は、そうなんですよ。人手はそんなにいらないんです」と、さらに困った顔になった。たぶん新たに増えた春紅になにを頼めばいいのかの算段を脳内ではじめている。

「あやまるのはこっちのほうよ。明明の役に立ちたいのに、足を引っ張ってしまっているっていうことよね」

翠蘭が言い、雪英もみるみるうなだれてしまった。

「……寝ているほうが明明さんのためになったんですね」

雪英はべとべとになった手を見下ろし、泣きそうな顔になっている。

「そんなことないですよ。もちろん寝ててくれてかまわないんです。でも、一緒に朝早くに起きて、なにかを手伝おうとしてくれるその気持ちは嬉しいの。それに……娘娘はうるさいだけですけど、雪英は、食器を拭いたり、使った俎板《まないた》を洗ったりって、ちゃんと役に立ってます」

「私はうるさいだけなんだ」

呆然としてつぶやくと、明明がくすりと笑った。

「でもその騒々しさに助かってます。ひとりでいると、いろいろと考え込んでしまいそうですから。この後、もし反乱軍が南都に攻め込んできたらどうしよう、とか、後宮の外の様子がまったくわからないけど故郷の泰州はいまどうなのかしら、とか」

明明のつぶやきに、翠蘭は、はっと息を呑んだ。

後宮のみんなは皓皓党のことや後宮の外の様子について話さない。不安だからこそ話せないのかもしれない。

次から次へととんでもないことが起きているというのに、それでも後宮はしんと静かで、何事もないかのように妃嬪も宦官も宮女たちもいつも通りに過ごしている。

けれど裏側に不穏さを抱えた静寂は、どこかきな臭い。

明明が、板の上で丸められた小麦粉の種に再び手をのばす。ぐるっとまとめてから、勢いよく、叩きつけるようにして板に押しつけた。

ぱあん、というすごい音がした。

「それはそれとしてっ、うちの娘娘はまた陛下にいいように扱われて、明鏡宮の火薬の盗難事件を調べているの、どういうことなのかしらとかっ。そんな場合なのかしらとかっ。娘娘は平気で右往左往していて、いつも通りじゃあないですかっ。いつも通りにされちゃうと、私だって、いつも通りの顔をする。雪英だってそうでしょう？」

「え……あの……はい」

突然、名指しをされた雪英が狼狽えて返事をした。

「だけど、そういうのっ、どうなんでしょうねっ」

饅頭《まんじゅう》の種を捏ね、叩きつけながら、小声で本音を吐露する明明に、雪英と翠蘭は顔を見合わせた。

たしかに明明の言うとおり、翠蘭は不気味に静まり返った後宮で、火薬の盗難事件を調べてまたもや右往左往している。

けれど、翠蘭の目に見えない部分で宦官や宮女たちが翠蘭同様に右往左往しているのだと思う。していないはずがない。だって反乱が起きたのだ。皓皓党が南都に向かって攻めてくるのだ。

「……どうって」

小声で問いかけると「どうもこうもっ」と返事をされた。

「みんなが怖がってないなら、私が怖がるのもおかしいのかなと思ってみたりっ。娘娘が楽しい後宮生活を営むふりをするなら、私もそれにのっかって普通にしていようとしてみたりっ？　でも、それはそれで違うような気もしますしっ」

麺棒を手にして種を平らにのばした。手慣れた仕草で、のばしたものを折りたたみ、重ねて、またひとつにまとめる。ぱんっ。ばんっ。どんっ。明明が小麦粉を捏ねるときの物音は、毎回、すさまじい。

言いづらいから、言わないでいるあれこれを、心のなかに閉じ込めているより、なにかの折に外に出す。そして会話する。明明はその機会を待っていたのかもしれない。翠蘭が言い出さないから、いまここで、話をすることにしたのだ。

「そういえば、私、火薬がどういうものなのかわからないから、なんとも言いようがないんですけどっ。その火薬とやらを作った淑妃さまが、また、陛下のご寵愛を受けることになったらどうしましょうとかっ。やっと娘娘が陛下の龍床におひとりで呼ばれるようになって安心しておりましたのにっ」

「は？」

——そういう方向の心配まで？

明明の心配と不安の種は、尽きることがない。全方向に広がって、なにもかもを心配し、気を揉んでいるのか。

翠蘭が固まっていると、明明がふいに雪英に「雪英、悪いけど、庭の井戸に水を汲みにいってきてちょうだい、水瓶にひとつ。それが終わったら蔵にある酒の壺を餐房《さんぼう》に運んで。銀泉さんと陛下はお酒をお飲みになると思うから」と用事を命じた。

「は……はい」

雪英は翠蘭に「いいのでしょうか」というように問いかける顔をした。翠蘭は軽くうなずいて「いっておいで」と合図をする。

水瓶を持ち雪英が厨房を出ていく。その背中が遠ざかるのを見送って、明明がため息のように言葉を吐きだす。

「無駄に怖がると、雪英を不安にさせてしまう。そう思う一方で、少しは話題に出したほうが自然なんだろうとも思ったりして。——雪英のほうが私たちより苦労してきているし、後宮にいるのも長いし、私が思っているよりずっとあの子はおとななんだろうとわかっていても……」

切ない言い方で明明が言った。

「……うん」

——明明は誰に対してもこうだから。お母さんみたいになってしまうから。

再び明明は小麦の種を手に取って、板に叩きつけはじめる。

「淑妃さまだけじゃなくて、玉風さんも、龍舟競技の龍舟がすごかったからって、陛下と仲睦まじいお時間を過ごされたという噂も気になっていてっ。反乱が起きるかもしれないっていうのになにを暢気なと思われるかもしれないですけどっ、皇后さまがご懐妊されて夏往国に戻られるならしばらくは娘娘だけが寵姫になるんだと嬉しかったのに、そうでもないかなって。陛下がひとりだけの寵姫を愛し抜くなんてことは、ないんだろうかって。それが龍のつとめといえば、そういうことなんでしょうけどっ。どんな形であれ、娘娘と雪英が幸せであればそれでいいんですけどっ」

饅頭の種は、明明の言葉を織り込まれ、丁寧に力強く捏ねられていく。表面がつるつるすべすべの白い固まり。あれを発酵させて、成形して、ふかすのか。ふかしたての饅頭は美味しい。美味しいけれど、明明のあらゆる想いがこめられた饅頭を自分はどんな顔をして食べたらいいのか。

「明明」

考えるより先に身体が動いた。名前を呼びかけ、明明の後ろに立って背中から抱きしめる。もたれかかって、彼女の肩に顎を乗せる。前にまわした手に、明明の心臓の音が伝わってくる。

「大丈夫だよ。私はいま幸せだよ」

　形のいい貝殻みたいな耳に小声でささやきかけると、明明がうつむいて、

「存じております。娘娘は、最近、とてもお綺麗になられましたよ。もとから凛々しく、美しいお姿でいらしたけれど、ここのところの娘娘は身体の内側からかぐわしい香りが漂ってくるような、そういう艶やかさを身につけられるようになりました。なるほどこれが寵姫になった証かと、誇らしく感じております」

　結ばれたことをいちいちおっしゃらなくても私は娘娘のことを存じておりますので、勝手に察します——と、明明が小声でつけ加える。

　翠蘭の頬に血がのぼる。勝手に諸々を察せられているのかと思うと気恥ずかしくて、たまらない。

　しかし——。

「そっか……うわぁ」

　翠蘭の唇から、つぶやきが転がる。

「うわぁってなんですか?」

「勝手に察せられるのは恥ずかしいけど、明明にならば恥ずかしい気持ちにさせられるのも

幸せだなあって、噛みしめた結果の〝うわぁ〟です。明明、大好き」

半分は本音で、残り半分は照れ隠しだ。恥ずかしい気持ちにさせられたぶん、明明も照れさせてやろうという、当てつけだ。

案の定、翠蘭の腕のなかで明明が身じろぎ、唐突に腕が持ち上がった。耳の先が少し赤くなっている。

明明は、そのままばふん、と、手にしていた種を板に勢いよく落とした。

「そういうところっ。よくないですっ。後ろから抱きしめてっ。耳元でっ。ささやかないっ」

ばふっ、ばふっ、と、種を叩きつけながら明明が言う。

「どうせ娘娘はっ、陛下の前でだけは、こういうことはできないっ」

さらに大きな声になり、明明はどこか勝ち誇ったような言い方で、続けた。

痛いところを突かれてしまった。翠蘭は義宗帝に対して「こういうこと」はできない。背中から抱きついて、なにかをささやいたりとか——できるものか。体格差もあるが、それだけが理由ではなくて、とにかく無理だ。

「なぜそこまで、わかる」

翠蘭がうめくと、

「わかりますよ。あなたが生きてきた年月のすべてを一緒に過ごしているんですよ?」

明明は種をまとめる手を止め、そう告げた。

――わかるのか。

明明は翠蘭の母であり、姉であり、親友であり、従者であった。そのすべてがからみあい、年月と経験で編み上げてきたふたりの情愛は、他の誰かに代替できる類いのものではない。

「それでも後宮に来てから、わからなくなるところもできてきて……ずっとなにもかも、あなたのことはわかるもんだと思ってたのに、娘娘は少しだけ私から遠くなっていって……それも嫌じゃないんです。育っていくってこういうことなのかなと思うと誇らしいんですけどね」

明明の言葉がゆっくりと胸に沁みていく。彼女の言葉のすべてが、甘いだけではなく、少し、痛かった。柔らかい棘に刺されたみたいだった。

互いに変わっていく。昔のままではいられない。

少しの沈黙の後、明明が言う。

「娘娘は、私の邪魔をしないように前庭で鍛錬していらっしゃいな。春紅が来たら門を開けて入れてあげなくちゃならないし、うちの宮は門番がいないんですから」

子どもに手伝いを頼む口調だった。

「わかった」

翠蘭は素直にうなずいた。

「春紅が来たら、朝ご飯の前の、夜明け前ご飯をみんなで食べましょう？　娘娘も雪英もこんなに朝早くに起きてきちゃうから、そうしないと、お腹と背中がくっついてしまうでしょう？」

明明の身体の前にまわしていた翠蘭の腕を、粉まみれの明明の指がとんとんと柔らかく叩き——翠蘭は「やった。嬉しい」と幼子の言い方で返事をし、腕をほどいた。

翠蘭は厨房から出て、一旦、部屋に戻って木剣を用意してから庭に向かった。水月宮の中庭は、鍛錬用に身動きしやすい空間を保っているせいで殺風景だった。片端は翠蘭が作った柵で区切られていて、柵の内側に鶏小屋がある。

水月宮で飼育している庭の雌鶏《めんどり》は小屋のなかでまだ眠っている。

見上げた空に叢雲《むらくも》が集い、月と星を隠している。薄く墨を溶かし込んだかのような空を後ろに、建物の屋根の影がぎざぎざと尖った形で黒い。

翠蘭は中庭を突っ切って進み、花窓のある廊下を歩く。門をくぐって、前庭に辿りつく。

明明同様に、翠蘭もまた今後の華封国の行く末と義宗帝に対して思うところがあった。反乱も当然、心配だが、義宗帝が玉風と共に読み解いているという華封国の史書や地相学に基づいたこの国の呪いの話もまだすべてを聞き終えていない。この国が呪われているとして、その呪いを解く方法は見つかるのだろうか。

さらに淑妃のところで盗まれた火薬の事件もまだ解決に至っていない。

いまのところ翠蘭は翠蘭なりに、できることをやっていた。

火薬については、ひとまず明鏡宮の蔵のまわりを調べたし、宮女や宦官たちに話を聞いた。

しかし最初のときに淑妃に聞いた以上の情報は出てこないのであった。

――最後にあの蔵に入ったのは淑妃さま。他にあの蔵に出入りした者は皇后さまのところの宦官の春紅。

春紅は淑妃の許可を得てひとりで蔵に入った。大きな荷物を抱えて。

思考を巡らせながら翠蘭は庭で剣の鍛錬をはじめた。軽く柔軟をしてから、木剣を構え、素振りをする。一心に木剣を振ることで、気持ちが落ち着き、考えがまとまるのが常だった。

が、今日ばかりはなかなか精神統一もままならず、型も定まらない。

それでもただひたすらぶんぶんと木剣を振り回していると、門前に置いている銅鑼《どら》が低い音をさせて鳴った。まだ夜明け前だが、春紅が来たのかと門扉を開けに出向くと――。

「……陛下」

開けた門の向こうに立っていたのは、義宗帝であった。

闇夜のなかで見る義宗帝の頬がわずかにやつれているように思え、翠蘭は眉根を寄せる。

「こんなに早くに、どうされたのですか」

義宗帝はつんと顎を上げ、門をくぐって、翠蘭の前に立つ。翠蘭は、足を進める義宗帝の後ろをついていく。

「水月宮で宴をすると決めたのは私だ。私を抜きにしてみんなでご馳走を食べるのは、我慢ならない。どうせそなたたちのことだ。朝早くではなく、夜遅くに、夜食を食べているのではないかと、睨んでいる」

本当はそれどころではないだろうに、なんでまたそんな暢気なことを言っているのかと思うと、口元が勝手に緩んだ。

「お見通しなんですね。夜食ではなく、夜明け前ご飯です。まだできあがっていないので、少し待っていただくことになりますよ」

つぶやくと、義宗帝はちらりと後ろを振り返り、ふわりと笑った。

「私を待たせるつもりなのか」

「はい。他はともかく水月宮の厨房で明明に逆らうことはできません。そうでしょう?」

おどけて言ったら、義宗帝も「たしかに、そうだ」と強くうなずいた。

思えば、淑妃のところで反乱軍蜂起の知らせを聞いて後、翠蘭は義宗帝と会っていない。

義宗帝は明鏡宮を去ったまま、ずっと後宮に戻ってこなかった。事態が事態である。外廷で朝議を続け、対策を練っていたのだろう。

「ちゃんと眠っていらっしゃいますか？」

尋ねるが、返事はない。

「とりあえず明明に陛下がいらしたことを伝え、早く食べられるものを作ってもらいますね」

「うむ」

そのままふたりで歩いていると、ちょうど酒壺を運ぶ雪英と行き合った。両手をまわして抱えて運べる大きさの酒壺である。雪英は酒壺を床に置き、慌てた様子で拱手をする。

「雪英、それを運び終えたら、陛下がお休みになる寝台の用意をしてきてくれる？　料理ができるまで少し横になれるように」

雪英が「はい」とうなずき、去っていった。

義宗帝は迷うことなく廊下と庭を進み厨房に向かう。

厨房の扉は開いたままである。義宗帝がすっと足を踏み入れると、粉を捏ねていた明明がぎょっとした顔になって固まった。

「――陛下」

胸の前で両手をあわせて顔を伏せる明明に、義宗帝がおもむろに告げる。

「顔を上げよ。夜明け前ご飯なるものを食べにきた。案ずるな。私はそなたの料理を待つことができる」

例によっての謎の「案ずるな」提案に明明が戸惑った顔で「はい」と応じ、助けを求めるように翠蘭を見た。

「雪英に、いま、寝台を整えてもらっているの。用意ができたら雪英がここに呼びにくると思うわ」

ずっと義宗帝がここにいるわけではないと暗に伝える。

そうしたら――。

「私もそれがしたい」

と、義宗帝が言った。

「それ、とはなんですか」

「その、粉を、こう」

粉を捏ねたいと言い出した。明明も翠蘭も呆気にとられた。

「私も作りたいのだ。見ていたら、やってみたくなった。私に教えることを許す」

許すというのは命令である。

「ありがとう存じます」

低いうめき声で明明が謝辞を述べる。立場的に、感謝しか言えない。断るなんてもってのほかだ。

義宗帝はいそいそと腕まくりをして、明明の隣に立って、小麦粉に水を入れた種に触れた。

「思ったより冷たい。そしてとても手にまとわりつくが——うむ。これはまあ、こういうものか」

ひとしきり触って、捏ねているうちに、彼の手のなかで種が丸くまとまっていった。義宗帝は、びっくりするくらい、粉を捏ねるのが巧みであった。はじめてとは思えない手つきだ。

「ところで、昭儀は門番をしなくてもいいのか」

ふいに義宗帝が翠蘭に問いかけた。

「え」

「門番がいないと、訪れる者が困る。そなたが前庭に戻ることを許す」

この場合の「許す」もまた命令だ。前庭に戻って門番をつとめろと命じられたのだ。

「はっ」

ちらりと明明を見ると「置いていかないでくれ」というように、明明がまなざしで懇願していた。が、義宗帝に命じられた以上、翠蘭は門番に戻らなくてはならない。きびすを返して、厨房を出る。声にならない悲鳴のようなものが翠蘭の背中に張りついている気配を感じる。

翠蘭は、後ろ髪を引かれ、少し離れた廊下で息を潜め、佇んだ。

すぐに雪英が義宗帝を呼びにくる。それまでの我慢だ。どうか明明耐えてくれと、胸中でひっそりと祈り、厨房の気配を探る。盗み聞きをしようと思ったわけではなかった。ただなんとなく心配で、明明に申し訳ないと思ったので、雪英が来るまでここにいようと思ってしまったのだ。

——変な感じだわ。

唐突に思った。後宮の外の世界は大きくうねり、乱れている。だというのに水月宮の厨房の前の廊下で、自分は息を潜めて、なかの様子を探っている。

後宮の外で巻き起こる嵐は、まだ後宮に到達していない。

世の中は不穏で戦乱に巻き込まれるかもしれないのに、いま、自分たちは平穏に粉を捏ねている。午後になったら着飾った妃嬪たちが水月宮に集い、美味しい料理を食べて団らんをする。

頭で理解していることと、身体が行っていること、心で感じ取っていることのすべてがばらばらで——それが怖い。

「で、この捏ねたものをどうしたらいいのだ」

義宗帝の声が厨房から響く。

「ひとつにまとめて濡れた布巾を上に載せて、竈の前に置いて、しばらく休ませます。時間がたてば発酵して膨らみますので、それを今度は形にして、食べる前にふかします」

明明が返事をする。

「なんだ。すぐに終わってしまったな。他に捏ねるものはないのか」

「いまは、ないです」

「妃嬪たちも来るのに、これだけでは足りないと思うのだが」

「それはそれで、時間にあわせてあらためて種を作ります。麺料理に饅頭に包子《パオズ》も作ります。もちろんお菓子も。それから前菜に、羹《あつもの》。家鴨を焼いたものに、鶏の丸焼きに、鮑《あわび》に、なまこに、燕《つばめ》の巣」

「それをひとりで作るのか。明明の料理がいちばん美味しいと私は思っている。そなたは、すごいな」

龍にしては情のこもった声で、まっすぐに賞賛している。心底、そう思っているのが伝わった。だいいち義宗帝はいつも本当に美味しそうに明明の料理を頬張っている。

だからなのだろう。

明明がぽろりと本音を零した。

「すごくないです。だって、私には、これくらいしかできないんです」

「これくらいということは、ないだろう」

「いいえ。私が娘娘にできること、料理や裁縫くらいしかないんです。本当はもっとたくさんの手助けができればいいと願ってるのに」

せっせつとした訴えが、翠蘭の耳に染みこんだ。

「私も武器を持って戦えたらと思うんですけど、それは無理ですから。私には料理や裁縫しかないんです。だから――いつだって私は本気で料理をしているんです。本気で裁縫をしているんです。私にできることで、後宮で、娘娘を守る努力をしている。これくらいしかできないから、これだけをまっとうにやってるんです」

――私にとって今回の宴会は戦場で、料理は戦いなんです。

雪英と共に聞いた明明の言葉が翠蘭の心に蘇った。明明は、料理で、戦っている。翠蘭を守ろうとしてくれている。

「そうか」

「はい。そうです。私は他になにもできない。でも、陛下はたくさんのことをおできになられる、龍でいらっしゃる」

衣擦れの音がした。床をなにかが叩く物音もした。もしかしたら明明は料理の手を止め、床に膝をついて叩頭《こうとう》の礼をとったのかもしれない。

「陛下――もし皓皓党が後宮に攻め入るようなことがございましたら、どうぞ娘娘を守ってください。娘娘はたしかに武芸に秀でている。それなりにお強い。でも……娘娘はまだたった二十一歳になったばかりの娘でしかないのです。あの子につらい想いをさせないでください。どうか……どうか。私のかわりに娘娘を守ってくださいませ」

どうして、と翠蘭は思った。どうして明明はいつもこうなんだろう。自分自身のことではなく、翠蘭の心配をして、龍に請う。

明明の思いに打たれ、胸が詰まって、息ができない。

「そなたの料理が美味な理由がわかった。覚悟が違うからなのだな」

義宗帝の声が低く沈んだ。

「そなたの願いも、わかった。私にできるだけのことをして、昭儀を守る。龍の末裔である私が、栄誉ある龍の爪に誓おう。翠蘭につらい想いはさせぬよう、つとめる」

「……はい」

「だが、そなたが昭儀を思うのと同じくらい強く、昭儀もまたそなたを守ろうと心がけている。私は、昭儀だけではなく、そなたも守ろう。そなたの尊厳と、思いも守る。後宮の妃嬪、宮女は、すべて龍の袂に守護されている。忘れるな。そなたもまた我が宝。龍の持つ宝珠のひとつ」

それに、と、義宗帝が諭すように続けた。

「――そなただって、まだたった二十四歳の娘だ。無知ではなく知恵があり、誰よりも優しく、勇敢ではあるが。そなたのかわりに私はなれない。ただし龍として、昭儀もそなたも雪英も守ってみせる」

「え……」

明明が珍しく狼狽えた声を発した。

「案ずるな。私は無策でことに挑む龍ではない」

——ずっと私は守られてきた。明明の料理に。明明の裁縫に。後押しをされ、支えられ、戦う勇気を授けられてきたんだわ。

剣をふるうことだけが戦いではなかった。戦場は、どこにでもある。生きていくための戦い方も、守り方も、さまざまなのだ。誰もが、自分にできることを見付け、磨いて、道を切り開いて進む。

雪英がやって来て、物陰で硬直している翠蘭を見つけて、目を丸くした。

雪英の姿に、ふうっと息が溢れる。

翠蘭は唇に指をあて、動作だけで「静かに」と雪英に伝え、ゆっくりと歩きだす。通りすがりに「ここに私がいたことは内緒で」と耳打ちし、門番をするために前庭に向かった。

日が昇って春紅が水月宮を訪れた。

「皇后さまに申しつけられてお手伝いに参りました」

翠蘭は拱手をする春紅をしげしげと眺める。

翠蘭が後宮に入ってきたときには、春紅と雪英は同じような顔つきで、同じような背丈であった。だから、雪英と同じくらいの年なのだと決めつけていた。

が、どうやら二年の月日を経て、雪英はすくすくと縦にのびた。春紅はというと、いまだ小柄なままであった。

「ありがとう。入って。雪英も、春紅が来てくれると聞いて喜んでいるの」

弾んだ声でそう言うと、春紅が困惑したような顔で「はい」とうなずいた。

「奴才がお役にたてるといいのですが」

恐縮する彼の丸まった背中に、いたたまれない心地になる。若い春紅には、もっとのびやかであって欲しいのに、こちらを窺う顔は暗く、陰りを帯びている。

並ぶと、春紅からは甘い香りがした。

「いい匂いね。花の香り？」

「はい。皇后さまはお側に仕えるものがみすぼらしいことを厭われますので」

「なるほど。そういえば、表だって、皇后さまの命を受けて他の妃嬪のみなさまにお会いするときは、水晶宮の宮女、宦官たちは立派な装いで、良い香りをさせているわね。水晶宮からの使者が、みすぼらしかったことって、ないわ」

翠蘭は、春紅の先に立って歩きだす。ちょこちょこと後ろをついてくる春紅を気にかけながら、厨房までの廊下で「淑妃さまの蔵に入ったときに、おかしなことはなかったのかしら」と聞いてみた。

「火薬の話でございますね。奴才は皇后さまに命じられて、数をかぞえにうかがいました。皇后さまにも淑妃さまにも聞かれましたが、奴才がかぞえたときは火薬の壺は百十一個でございました。もし誰かが盗んだのだとしたら奴才より後に入った者だと思います。ですが――昭儀さまは奴才をお疑いなのでしょうか」

取り繕うことなく直截に問われ、翠蘭は口ごもる。

「そうね……。他に、あの蔵に入った者がいないから」

「でしたら奴才を捕えて取り調べてくださってもかまいません。いまは、奴才を調べるのに、皇后さまの許可が必要です。でも、皇后さまはもうじき夏往国にいってしまわれる。奴才は後宮に残り水晶宮の留守を守ります。皇后さまがいらっしゃらなくなったその後でしたら、奴才などどうとでもできます。お疑いでしたら、皇后さまがいなくなってから、奴才を縛りあげて、暴室で調べてくだされぱいいのです」

どんな顔をしてそんなことを言うのかと振り返る。春紅はひどく暗い目をしていた。月も星もない夜に似た黒々とした目であった。まだまだ若い春紅には不似合いな、絶望と虚無がその顔を覆っている。

「そんなことしないわよ。皇后さまがいらっしゃっても、いらっしゃらなくなっても、あなたのことを縛りあげたりしないし、暴室につれていったりもしない」

「ありがとうございます」

春紅が虚無の表情のまま拱手した。

「なにもありがたくないわよ」

思わず声を荒らげて言うと、春紅が不思議そうに翠蘭を見返してから「はい。申し訳ございません」と目を伏せた。

翠蘭は、それ以上、春紅を問い詰めることができなくなって、無言で彼を厨房に連れていったのであった。


そうして——申の正刻、夕方七つの銅鑼が打ち鳴らされ——水月宮の宴がはじまった。

円卓に座っているのは、義宗帝。向かって右に皇后が座り、左に淑妃の秋華が座る。皇后の右隣の席は貴妃の花蝶である。さらに、玉風、銀泉、そして翠蘭と席を定めた。

あらためて見ると、それぞれに違う風貌の、けれど美男と美女たちの集いであった。

「陛下が水月宮を気に入っているのはここの料理が美味だからと聞いている。楽しみだ」

皇后が艶やかな笑みと共に、そう言った。

赤い髪を高く結い上げた皇后の髪飾りは、金の簪ひとつだけである。懐妊で体調が整わず、あまりたくさん飾ると、頭が重たくてつらいためだと聞いている。耳飾りも小さな紅玉ひとつを垂らしただけで、指輪もつけず、装飾品は最小限にとどめている。襦裙は深紅に金の鳳凰《ほうおう》と蓮の花が刺繍された、身体をしめつけないゆったりとしたしつらえのものであった。帯は柔らかい布地で、胴体に添わせて巻き付けて、前で結んでいる。どこをとってもゆったりとして簡素な出で立ちであったが、それでも皇后はまわりを圧倒するような存在感を見せつけていた。のけぞり気味にして椅子にもたれて座る皇后が、手のひらで腹をかばうように撫でている姿は、いっそ神々しい。

皇后の後ろに立っているのは春紅だ。

「春紅も楽しみであろう。毒味役のつとめ、無事に果たしておくれ」

皇后はちらりと翠蘭を睨みつけてから、とんでもないことを春紅に告げる。

春紅は顔色ひとつ変えず「はい」と静かにうなずいたが、円卓に並ぶ躑躅《つつじ》の刺繍をほどこした橙と緑の襦裙姿の玉風と、藤色の淡い色のに銀の魚が泳ぐ波紋を彩った襦裙を身につけた銀泉の顔が、それぞれにぴくりと引きつった。

銀泉は婀娜《あだ》っぽい美女である。彼女が身につけている髪飾りと歩揺は、銀細工の、魚の意匠のもので、龍舟競技で一位を取った褒美にと義宗帝が授けたものであった。手渡す際に、義宗帝は「銀の名を持つそなたに、銀の装飾品を授けよう。水と、魚は、そなたによく似合う」と告げたのだそうだ。義宗帝の見立てはたしかで、しなやかな銀細工が、彼女に慎ましい品の良さを添えている。

「なるほど。私の毒味役は、いつものように昭儀に頼む」

義宗帝が空気を読まずにさらりと告げた。

「いつものように？」

皇后が眉をはね上げ、

「妾《わらわ》は毒味を連れてこなかった。毒味がいないと食べられないのか……」

と花蝶が途方に暮れた声を出した。

花蝶はこのなかでいちばん年が若い。化粧をせずとも滑らかな白い肌に丸い頬を持つ幼い美姫だ。漆黒と銀の取り合わせの襦裙が、彼女のあどけなさと可憐さを引き立てている。

「あの……でしたら私が毒味をつとめましょうか……」

小さく声をあげたのが玉風で、花蝶は「才人とはいえ妃嬪のそなたに毒味をさせるわけにはいかない。妾とてその程度の判断はできる」ときっぱりと胸を張った。

皇后は幼い者に対しては甘いので、頬を緩めて、

「だが、妃嬪の昭儀が毒味をしているのだよ。いいのだ。玉風にまかせるといい」

と鷹揚に笑う。

「……すみません。じゃあ私が淑妃さまの毒味をすれば」

ずっと居心地が悪そうにしていた銀泉が小さく手を上げて、言う。

「待ってください。まず大前提として毒の入った料理を出しません。出しませんけど、毒味役が必要ならば、明明と雪英に頼みます。いいわよね？」

翠蘭は困って、割って入った。

「はいっ」

雪英が言い、明明も「かしこまりました。料理の皿を運んですぐに、毒味をさせていただきます」と拱手して応じた。

戸惑う顔をして春紅が皇后を見ている。

皇后は澄ました顔で「私の毒味だけは春紅がきちんとつとめておくれ」と告げ、春紅が誇らしげに胸を張った。

その後は――。

明明の作った料理が次々と運ばれる。鶏肉を蒸したものを裂いて、細切りにした瓜と生姜を添えたもの。酢醤油であえたくらげは食感がこりこりとして楽しく、口のなかがさっぱりとする。

とろとろに煮込んだ羊肉にトウモロコシで作った酒と塩で味をつけて上に香菜を散らしたものをつまむと「うん」と小さな声がでる。焼いた家鴨の肉は表がパリパリで、それと小麦粉を薄く焼いたカオヤーピンに包んで食べると旨みと香りが口のなかで一体となってたまらなく美味しい。

鮑の蒸し物と、魚を丸ごと蒸したものに葱《ねぎ》や薬味野菜をたっぷりと載せて、上から熱した油と醬油をジャッと音をさせてかける。なまこの煮込みは滋味が舌の上で蕩ける。燕の巣の羹をすくいあげた匙《さじ》のなかで、滋養に満ちた琥珀色の汁に湯気がのぼる。

冷たいものは冷たいままで、熱いものは熱いままでというのは当然で、懐妊中の皇后の皿はあまり香りのきついものと生ものを避けて、さっぱりとした味に仕立てたものを別に作って出している。

毒味を経ての食事なのでどうしても少し冷めてしまうのだけれど、義宗帝は、待ちきれないらしく翠蘭が食べた端から皿を取り上げていくし、花蝶も淑妃も——出る料理にすぐに箸をつけ、舌鼓《したつづみ》をうち、うっとりとした顔で平らげる。

けれど皇后だけは春紅の毒味を待った。春紅はしかつめらしい顔で皿を受け取り、箸をつけ、ひとくち飲み込んで目を閉じる。

ずいぶんと綺麗な食べ方をするなと翠蘭は目の端で春紅の姿を見て、思う。

姿勢よく箸を持ち、ひとくち囓《かじ》ったあとは口元を袖と手で覆って咀嚼《そしゃく》し、吟味する顔でしばし停止してから「大丈夫でございます」と、皇后に皿を差しだす。ひとつひとつの所作が美しい。

皇后は春紅の行動のすべてをゆったりと待っている。出された皿を鷹揚に受け取り「ん」と箸をつけ、不承不承の顔つきで「たしかに美味である」と納得している。

最初は静かだった銀泉も、酒の杯が出てきたあたりで目元がとろりと垂れて、強ばった顔つきが解けていった。

「どうして陛下が水月宮にこだわるのだろうとかねてから不思議に思っていたが、この料理が食べられるなら仕方ない。明明といったか。水晶宮に来ないか？」

とうとう皇后が給仕する明明の手をつかんで、そう言いだした。

明明はにこりと笑顔で、けれど、きっぱりと「私のようなものが水晶宮にうかがうなど畏れ多いことでございます。いまいただきました、ありがたいお言葉を励みにこれからも水月宮で陛下と、その妃嬪の皆様の御為につとめて参りとうございます」と皇后の申し出を断った。

「よく躾けられている」

ちらりと翠蘭を見て皇后が微笑む。褒め言葉ではないと理解しつつも、翠蘭は拱手して「ありがとうございます」と礼を述べた。

「ありがたいというのなら、やはり水晶宮に来ぬか」

断られても二度言うのか。明明を助けるのは自分の役目と、翠蘭は慌ててふたりの会話に割って入った。

「水月宮の宮女にお褒めの言葉をありがとう存じます。ですが明明は私にとって誰とも代え難い宮女でございます。手放すことはできません。申し訳ございません。それに水晶宮にはすでに素晴らしい宮女と宦官たちがいらっしゃるではないですか。誉めてくださったから誉め返すのではなく、私は私で、今日はずっと、春紅の立ち居振る舞い、仕事の速さに、感じいっておりましたよ」

そう言って、春紅を見た。感じいっていたのは本当で、春紅はひとつ仕事を伝えるとすぐに飲み込み、器用にこなす。雪英は「料理は自分と同じくらい」と言っていたが、実をいうとやらせてみれば春紅は粉の捏ね方もうまく、なにより明明がするべき仕事の先読みをして、彼女のための場所を綺麗にするという能力に長けていた。春紅がいると、物事が素早く、効率的に進む。

翠蘭の誉め言葉を聞いて春紅が少しは得意げにしてくれるのではと思いきや——春紅の表情は変わらない。

「春紅はことのほか行儀がよく、食事の所作も美しくて——なにを手伝ってくれても手早く有能ですね」

「当然だ。使用人の品位は、主の品位。水晶宮にいる使用人に無能なものはおらぬ。特に春紅は、私が目をかけている宦官でもある」

皇后が翠蘭の言葉に同意する。主が誉めているのだから嬉しそうになるかと思ったのに、やはり春紅の表情は動かない。

「ところで、私は月末に夏往国に向けて出立《しゅったつ》する。本来ならば、反乱軍にそなえて後宮に軍を作り、私が指揮すべきところだが——私がいるあいだに皓皓党が南都に来るにしても、この身体で前線に立つのは荷が重い。私が守らねばならないのは、なにをおいてもまずここで安らいでいる次代の龍だ」

皇后が突き出た腹をゆるりと撫で、物憂げに告げた。

春紅が静かにうつむいた。

それまで和やかだった場に緊張が走る。

「陛下と話していた。後宮にも、いざというときのための軍を置いておこう、と。ただ、妃嬪も宦官も、戦うことに向いておらぬ。妃嬪のなかで戦えるのは、昭儀くらいだ。戦の指揮は、昭儀に頼むのが適任であろう。やってくれるな？」

皇后の言葉を聞いて、妃嬪全員の目が翠蘭に向けられた。

「案ずるな。無理強いをするつもりは、ない。嫌なら、断ってくれていい。ただ、どちらにしろそなたは私の剣として反乱軍の制圧に向かうことになるだろう。そなたの場合、ひとりでどこかに置いておくより、私の側にいるほうが安心だというのもある」

義宗帝が手許の羹を飲み終えて、暢気な言い方で補足する。

「それもどうかと思うのだけれど……。陛下は、妃嬪としての昭儀ではなく、あなたには神剣としての使い道があるのだと、そうおっしゃるのよ。――できるものなら私が陛下を守りたい。私にはその力がある。でも」

皇后が、その先の言葉を飲み込んで、自分の身体を見下ろした。

「はっ」

翠蘭は姿勢を正して拱手した。他になんの返事が言えるだろう。

——陛下は、龍としてみんなを守ってくださるとおっしゃっていた。私は私で、そう言ってくださった陛下のことを守りたいのよ。

後宮を——明明を——雪英を——なにもかもを。

自分にできる戦い方で。

「……頼む」

皇后の声は頼りなげで祈るようなものだった。めったに見せない皇后の気弱さに、玉風や銀泉が驚いた顔で固まった。

ふいに声をあげたのは花蝶であった。

「剣を持つ妃嬪は昭儀だけではない。妾もいる。妾も前より強くなった。昭儀に習って剣を扱えるようになったのだ。前線に出向けるほどではないのかもしれないが、後宮の守護の手助けはできる。だって、腹筋も懸垂も毎日言われた数をこなしている。そうであろう？　昭儀」

前のめりで鼻息を荒くして言いつのる花蝶には、いつもと違う出来事にわくわくしている子どもの心が透けて見える。後宮暮らしは平和だが、子どもにとっては退屈すぎる。不幸なことであっても、非日常が紛れ込むと、子どもたちは高揚する。

その幼さが愛おしくもあり、怖くもあり、いたましくもあった。

「貴妃さまに剣をふるっていただくまでもございません。皓皓党のやつらがここに来たら、あたしが相手の野郎の股間を蹴り飛ばしてやりますよ。少なくとも他の妃嬪の皆様より元気でたくましいのがあたしの取り柄ですから」

酒で頬を赤くした銀泉が花蝶の勢いにつられたのか、軽口を叩く。

「銀泉さん、野郎とか股間とかは」

こそこそと玉風が銀泉の袖を引っ張ってたしなめると、銀泉は「あ、ごめんなさい」と両手で口を覆った。

「もしも後宮に攻め入られるようなことになるなら、私が作った火薬が役に立つでしょう。他に、私のようなひ弱な者でも扱える武器を作ってみるわ」

淑妃が言う。

淑妃の秋華は、貴妃の花蝶や銀泉とは違い、ひとつひとつの物事を頭のなかで検討しているような冷静さがあった。

「武器を作れるのか。それは重畳《ちょうじょう》」

皇后が淑妃に微笑みかけ、淑妃が静かに頭を垂れた。

「それくらいしかできませんので」

花蝶が目を輝かせて「それくらいができたらすごいことだ」と淑妃を称え、銀泉も「そうですよ。すごいことですよ」と両手をあわせてぱちんと打ち鳴らした。

わっと沸き立つ妃嬪たちの、目の輝きと、浮き足だった様子に翠蘭は胸をつかまれる。

戦いを前にして胸を躍らせているわけではないのだ。むしろ、みんな、ずっとひとりで声に出せず不安を飼い慣らしていた反動で、賑やかになっているのだ。自分にもできることを与えられ、一も二もなく飛びついて——我が手にあるのは希望と勝利だと信じることで、己の不安を塗り込めようとしている。

——私も、そうだ。

着飾って出向いて珍味と美味に酔いしれる今日の宴の椅子は、いつ割れるともわからない薄氷一枚の上に据えられたもの。足下にあるのは、混沌と乱世だ。万が一、氷が割れれば、暴力だけが支配する世界に飲み込まれてしまう。

「私がおらずとも、皆がいれば後宮も安泰のようだ。私が夏往国から戻るまで、妃嬪一同で、陛下のことをお支えするように」

皇后がもったいぶった言い方で告げると妃嬪たちが一斉に拱手した。

義宗帝は涼やかな顔で円卓のみなの顔を見渡し、きらきらとした笑顔を見せた。とにもかくにも顔がいいので、ただ笑っているだけで、場が華やぐし勇気づけられる。

みんなの前の皿が空になったのを見計らい、明明が次の料理の皿を運び込む。

「そろそろ口のなかをさっぱりさせたいでしょうから、冷たい杏仁豆腐です。ご希望があれば、氷を削って蜜をたらしたものもありますよ」

明明の言葉に全員が歓声をあげた。

空が暮れ、夜になり、義宗帝が名残惜しそうにしながら外廷に戻っていった。妃嬪たちは皇后も含めみんなが義宗帝の手配した駕籠《かご》を使って帰路に就いた。

ただし春紅は水月宮に残された。

翠蘭が皇后に「片付けに手が足りないので春紅を貸してください」と許可をもらい、助力を望んだためである。

春紅は、門扉まで皇后を見送ってすぐに厨房に戻ってきて、翠蘭の前に立って畏まって聞いてきた。

「皇后さまにこちらを手伝うよう命じられました。どうぞ用事をお申しつけください」

「ありがとう。じゃあ、雪英」

翠蘭は片付けをしている雪英に呼び掛ける。

「明明に頼んで冷めても美味しいものをよぶんに作っておいてもらったのよ。饅頭に、マーラーカオに、家鴨料理に、羊肉をとろとろに煮込んだものはあたためなおしてあるから、最初に食べてね……全部、皿に載せて」

と言いながら、食べ物を次から次へと皿に載せ、雪英と春紅に手渡す。

「朝早くからずっと働いて、疲れたでしょう？　後片付けは私たちがやるから、雪英と春紅はふたりで部屋で休んでいらっしゃい」

「え……でも」

困惑する雪英と春紅の背中を押し、厨房の外に追いやる。

「明明に言って、雪英の部屋に寝具を用意してるわ。ついでに手持ち無沙汰なときのために紙と筆も用意してある」

「紙……ですか」

雪英が首を傾げるので、翠蘭は続けた。

「ええ。絵を描くのでも、覚えたての文字を書くのでもいいじゃない。ただ、休みなさいって言われてもすぐに眠れないし、時間があまったら、使いなさい。雪英は、絵を描くのも字の練習も、好きで、熱心にやっているから」

翠蘭はわざといかめしい顔を作り、

「命令です。水月宮には水月宮のやり方があるの。雪英はわかってるでしょう」

と重々しく告げる。

するると雪英が照れくさそうに笑い、

「はいっ。ありがとうございます」

とうなずいて、誇らしげに「娘娘がそういってくださるんだ。部屋にいこう」と春紅を連れていったのである。

3

南都――光州《こうしゅう》の関所である。

華封は水の国であり、陸路を経て移動する者はあまりいない。たいていの荷物は大河で舟を使って運ばれる。

しかも長く平和であったため、首都である南都のお膝元であっても陸路の関所の警備も手薄であった。

巨石で築かれた高い塀の上に、篝火《かがりび》が灯されている。夜空を焦がすように立ち上がる炎を見上げているのは郭文煥だ。北の地で羽織っていた毛皮を脱ぎ捨て、なめした革で編んだ鎧を身につけ、薄汚れて灰色になった頭巾で頭を覆っている。

彼の背後にいるのは皓皓党――いまや膨れ上がって七百をこえた軍勢だ。

銀州での蜂起の際に掲げた旗は、妹である徳妃の死に意味をこめた「白」である。

不幸のしるしの純白を乗り越えて生きようと白い旗に大書したのは『龍天巳死皓皓党当立』の文字だ。

「龍天すでに死す。皓皓党まさに立つべし」

文煥がつぶやいた言葉は、背後にいた兵たちに伝播する。最初は小さかった声が、いつのまにか大きなものに変わっていく。拳をつきあげがなりたてる男たちの目が、ぎらぎらと輝いている。

城壁の上で、忠実な守衛たちが矢をつがえる。

放たれる矢は、当てようとしたものではない。

群れ集う男たちを蹴散らすべく、威嚇《いかく》しているのであった。

ひゅっと空を切る音がして、額に矢を受けた男が倒れる。隣で拳をあげていた男が「あ」と声をあげて逃げようとする。が、惑う男を群衆が押し戻す。

「龍天すでに死す！　皓皓党が立つべし！」

怒声をあげる皓皓党の軍勢の前にそびえ立つのは巨大な鉄の門だ。その重さと頑丈さは容易に動かせるものではなく、内側には、厚い横木がしっかりと渡されており、外部からの侵入を防いでいた。

「龍天すでに死す‼　皓皓党が立つべし‼」

彼等の声に動かされたかのように、地鳴りのような鈍い音が足下を這っていった。

門が、内側から開かれたのだ。

皓皓党は内部に通じる手引きを得ていたのである。

獣の咆哮《ほうこう》に似た声が男たちの口から迸る。

内側から開かれた門を目がけ、軍勢が走りだす。

旗を持つ男が、背後の兵士たちに合図を送る。暗い夜に、白い旗が翻った。夜の闇に溶け込んで、旗に黒くしるされた『龍天已死皓皓党当立』の文字は読めずとも、そんなことは男たちにとってはどうでもいいことだった。

武器を手にした大勢の兵士たちが城壁を駆け上がる。

「龍天すでに死す‼ 皓皓党が立つべし‼」

その声が夜空に響き渡った。

*

光州の関所の砦が破られたその同時刻——後宮の水月宮の雪英の部屋である。

「翠蘭娘娘は、お優しい方だから」

自慢げに雪英が言うのを、春紅は黙って聞いている。

「毒味だけじゃお腹いっぱいにならないもんね。ちゃんと僕たちのことも考えてくださる。それに明明さんの作ってくれるものはいつも美味しいから。明日の朝はきっと揚げたての油条《ヨウテイヤオ》を出してくださると思うよ。それもまた絶品なんだ」

「ふぅん」

春紅は、いつのまにか自分より背が高くなった雪英を見上げ、気乗りのしない返事をする。

通された雪英の部屋を見渡す。生活に必要なものはすべて揃っている。それどころか草花が描かれた屛風が飾られている。屛風を飾るなんて、位の高い人たちの部屋みたいだと春紅は思う。ただの宦官の部屋じゃない。布を張った座り心地のよさそうな長椅子に、肘置きもある。寝台は広く、整えられた寝具はふたりぶん用意されていた。

――下位の宦官なのに、宮女に寝具の用意をしてもらうなんて。

「雪英はいつもここでひとりで寝てるの？」

「うん。お皿、ここに置いてね」

にこにこと笑って卓の上に運んできた皿を置く。春紅も持ってきた皿をその隣に置いた。

壁際にある几案の上に紙と筆と硯が置いてあるのを見付け、春紅は小さく鼻を鳴らす。

「紙と筆と墨……なんだか立派な人の部屋みたいだね」

ちくりと胸が痛んだ。

――紙なんて高価なものを、手持ち無沙汰なときは時間つぶしのために使えって言われるような暮らしをしてるんだ？

春紅の皮肉に気づきもせず、雪英は嬉しそうに笑う。

「翠蘭娘娘は、僕が勉強すると喜んでくれるから」

「雪英、字が書けるんだ」

「うん。娘娘が教えてくださったんだ。勉強って楽しいよね。少しずついろんなことがわかっていくの、楽しくて仕方ないんだ。だけど、春紅も、読み書きはできるでしょう？」

「まあ、少しだけ」

皇后に重用される密偵としてつとめているうちに、必要にかられて読み書きができるようになった。なにもわからないと、密偵として役に立たないので、聡くなければならなかったし、賢くあろうと努力した。それでいて、あまりに目端が利いて目立ってしまうと他の宦官たちに目をつけられるから、愚鈍なふりをして――。

――なんだか自分が、馬鹿みたいだ。

「それでね……聞いてよ、娘娘はなんでもおできになるのに絵だけはとっても下手なんだ。だからかな、僕が描いた絵をものすごく褒めてくださるんだ。屏風もね、僕には絵心があるから、いいものを見て暮らすといいよって言って、わざわざこれを選んでくださったんだ。この屏風の絵は、泰州の、娘娘たちが暮らしていた山奥の風景に似てるんだって」

雪英がほわりとした言い方で、告げる。

春紅は山と草と葉っぱと花のつまらない絵だと思ったが、口には出さなかった。

「春紅、なにから食べる？　足りないようならもっともらってくる。娘娘も明明さんも、たくさん食べると喜んでくれる方たちだから、おかわりをくださいっていったらすぐに作ってくれるよ」

満腹だからいらないと言おうかと思った。でも、漂ってくる美味しそうな匂いにあらがえなくて「これ」と、湯気をたてている羊肉に箸をつける。ほろほろになるまで柔らかく煮込んだ羊肉が舌の先でほどけた。脂の甘みが口いっぱいに広がる。

悔しいけれど、美味しかった。

「あ、それはね、そのまま食べてもいいけど饅頭に挟んで食べるといいよ。こうやって」

雪英は饅頭を手にとってふたつに割って、肉を挟み込んで「はい」と渡してくれた。

「……うん」

受け取って、囓りつく。ひとくち、さらにもうひとくち。咀嚼するごとに、甘くてしょっぱい味が鼻先に抜けていくのが、どうしてかやりきれない。

饅頭を手にして、本当にどうでもよげな顔を取り繕って、部屋のなかをうろつく。どこかに腰を落ち着けると、泣いてしまいそうだった。

――以前は似たような暮らしをしていたのに。

雪英と春紅は幼いときに浄身をした宦官だ。雪英も春紅も貧しい家の生まれで、宦官になるしか食べていく術もなく親に売り飛ばされたのだ。

いちばん下っ端の宦官で、みんながやりたがらない仕事をあてがわれ朝から晩まで働いていた。排泄で使用する便器を磨いたり、汚れた下着を洗ったり、いつもひもじくて、泥みたいに疲れていて、あちこち撲《ぶ》たれて傷だらけで、あかぎれで手も足も真っ赤に腫れていて血が滲んでいて——身体のどこかがいつも痛いし、身体が痛くないときは、心が痛かった。

だから、ふたりは仲良くなった。

年が近くて、同じように身体と心を傷つけて、誰かと支えあわないと後宮で生き抜いていけないと本能で悟ったから——手を取り合った。

なのに——どうして、いまのふたりの暮らしぶりは、こんなに違うのだろう。

いつのまにこんなに差ができてしまったのだろう。

「こういうものを食べて、雪英は大きくなったんだね。羨ましいな。水晶宮にいるときは気づかなかったけど……僕はもうずっと背がのびてない。不思議だね。僕たち昔は似ていたのにね」

ぽつりと言うと、雪英がたじろいだ顔をした。

——申し訳ない顔をするんだ？

同情されることに腹が立った。それを顔に出してしまえる雪英の素直さにも腹が立った。

——昔はそこまでまっすぐな馬鹿じゃなかっただろう？　宦官同士も足の引っ張りあいをするし、妃嬪や立場が上の宦官たちへの対応をひとつでも間違えたら杖刑《じょうけい》になるから

って、びくびくして、這いつくばって、生きていただろう？　ばつが悪そうな顔をして、狼狽える雪英を見て、

「主人と使用人って、似るんだね」

と薄く笑う。

「それは……どういう意味？」

「そのまんまの意味」

「別にいいよ。娘娘に似てるなら光栄だもの。春紅も……皇后さまにちょっと似てきたような気がするね」

雪英の言葉に棘が混じる。雪英を傷つけたことに少し溜飲が下がる。

「そう？　だったら僕も光栄だ。後宮で、いちばん素晴らしい宮は水晶宮だもの。皇后さまのところにいれば、いろんなことができる。他の宮にいっても、皇后さまの宦官だからってみんな僕のことちやほやしてくれるしね。今日みたいに。昭儀も、僕が水晶宮の宦官だからこうやってご馳走を出してくれるんでしょう？」

「娘娘はそういうんじゃないよっ」

「どうだかっ」

言い返し、春紅は卓から紙を一枚、手に取った。筆でなにかを書くのは、しゃくにさわる。字を書きたくないし、絵も嫌だ。雪英にできないようなことがしたかった。紙を使っ

て、雪英の思いもよらないことをしてみせたかった。

――そうだ。紙鳶。

春紅は、床にぺたりとしゃがんで座り、紙を折りはじめる。

雪英はしばらく立ったまま、春紅のことを見下ろしていたけれど、春紅の手許で紙が形を変えるのを見て、好奇心にかられたのか隣に腰をおろし、しげしげと覗き込んだ。

「紙、くしゃくしゃにする遊び？」

おずおずと言ってくる雪英に、苦笑する。

「馬鹿みたいなこと言わないで。これは紙鳶だよ。紙を鳶の形にして折って、飛ばすんだ」

雪英は水月宮で働くようになって背丈だけ高くなって、かわりに賢さが低くなった。それにつられて言い争いをしてしまう自分も、ずいぶんと愚かだと嘆息する。感情を表に出さずに取り繕って嘘を語るのが得意な密偵なのに、雪英とふたりきりになると、自分はたまに昔に戻る。

――仕方ないじゃないか。それだけの信頼が、僕たちのあいだにあったんだ。

信頼があって仲が良かったからこそ、いま、互いの差に愕然として、胸がちくちくと痛むんだ。

「飛ばす？」

「そう」

折って、畳んで、それからまた開く。三角にしたものの、先端をつまんで、小さく折る。ときどき春紅は紙を開いてたしかめて、また折り直す。手のなかで平らだった紙が、鳥の形に変わっていく。

できあがった紙鳶を指先でつまんで、そうっと解き放つ。

紙鳶はひゅっと空を切って飛翔し、ゆっくりと床に落ちた。

「飛んだっ」

雪英が声をあげた。

「そう。飛ぶんだ。淑妃さまがこないだ教えてくださったんだ。皇后さまに命じられて淑妃さまのところの蔵に何回かいったんだけど、最初にいったときにこれを教えてくださった」

どうして淑妃はこんなものを作ってくれたのだろうと、思った。

思ったのだけれど——彼女のしなやかな指が折った紙鳶が、手から放たれて飛んでいくさまを見たときに胸がとくんと高鳴ったのだ。

——あなたも昔の私みたいにうつむいて歩くのねって、淑妃さまは、言った。

あなた「も」と。

そして「ちょっと待っていて」と、紙で鳶を作って空に飛ばした。

「淑妃さまは僕が落ち込んでるのをわかってくださったんだろうね。けど、昭儀さまはそういうのに気づかない馬鹿だ」

「そんなことないよ」

「そうだよ」

——雪英も僕が落ち込んで、焦っていることに、気づいてくれない、馬鹿だ。

「本当はもっと飛ぶんだ。でもお手本の紙をなくしてしまったから……折り方がよくわからないんだ。どういうふうになっているのかって、折ってもらった紙鳶を広げたら、二度と、同じ形に戻せなくて。思い返して、折り直してみたかったけど、紙なんて高いもの、僕が自由に使えることはないから」

「皇后さまは新しい紙、くださらないの？」

「皇后さまはもっと役に立つものをくださる。新しい服とか、沓《くつ》とか、食べ物とか。紙なんて、もらっても、どうしようもないでしょう」

「手紙を書くとか」

「なに言ってんの。手紙を出す相手なんていないじゃないか。皇后さまは嘘にすぐに気づくし、見逃さないよ」

——僕たちには帰る場所もないし、後宮の外に知り合いなんていないんだ。

叫びだしそうになったのを、腹に力を入れてぐっとこらえた。泣いたところでどうにもならない。訴えたところでどうにもならない。皇后は夏往国に帰ってしまうし、春紅は夏往国に連れていってもらえない。

——水晶宮の庇護のもとで密偵をしていた自分を、この後、誰が守ってくれる？

どうして皇后は自分を連れていってくれないのだろう。意を決して、一度だけ「連れていって欲しい」と懇願したのに、皇后は「おまえは留守を守っておくれ」と笑って春紅の願いを聞き入れてくれなかった。

——こんなに尽くしてきたのに、僕のことはもういらないんだ。皇后さまは僕のことを無能だと思っているんだ。

だから、翠蘭が春紅を誉めてくれても皇后は当たり前の顔をして聞いていた。嬉しそうでもなく、誇らしげでもなく、つまらない話をするなとでもいうようにつんとして聞いていた。

「あのね……あげるよ。ここにある紙、全部。僕は翠蘭娘娘にまたもらえばいいから」

春紅がもやもやとしたものを抱えて黙り込んでいるのに、雪英は馬鹿で素直だから心配そうな顔でそんなことを言う。

「皇后さまがいらっしゃらなくなったら春紅はたまに水月宮に遊びにきたらいいんだ。翠蘭娘娘に聞いてみる。だからさ——大丈夫だよ。ねぇ、この紙鳶、ひとつ、翠蘭娘娘に差しあげてもいいかな？　娘娘はきっと感心してくださるよ。春紅がすごいってこと、わかってくださる」

雪英が熱心に言いつのるのを春紅はぼんやりと聞いた。

「もともと淑妃さまが教えてくださったものだし、ぼくは別にすごくない」

「そんなことない。一回聞いただけで、覚えられるのは、春紅が優秀だからだよ。それに春紅が真面目に仕えてること、娘娘はご存じだもの。絶対によくしてくださるよ。……そうか。うちに来なくても、淑妃さまのところで働くのでもいいのかな。淑妃さまもお優しそうなかただよね。翠蘭娘娘にお願いしてみる」

「どっちでもいいけど、別に」

――だけど雪英は知らないんだ。僕が密告したせいで死んでしまった人もいるのに。僕が真面目に仕えてるってそういうことなのに。

淑妃のところの宦官たちのなかにも、春紅を憎んでいる者がいることだろう。

ずっと綺麗なところにいて、いまだ綺麗な心のままでこちらを覗き込む雪英に、春紅は唇を噛みしめた。

＊

なまぬるい風が頬を撫でた。

気づけば四月も、もう終わる。

皓皓党が光州の関所を通り抜けたという報告を受け、義宗帝は外廷に出向いたまま後宮を留守にしている。

皇后は験《げん》を担ぎ、縁起のいい五月の端午の節句に華封国から船出することになった。

玉風は華封の呪いについて偽白書と名付けたものを読み調べ、少しずつ清書して翠蘭に送ってくれている。

淑妃は足で漕ぐ龍舟を機械仕掛けのものにして、それに火薬をつけて遠隔から爆発させられる仕組みを突き詰めているらしい。

にわか仕立てだが後宮にも軍が編制され、紅軍《こうぐん》と名付けられた。我こそはと名乗りをあげた妃嬪、宮女、宦官が支給された木剣で鍛錬をはじめている。朝早くに翠蘭がみんなを集め、木剣の使い方を教えているのだが、正直なところ誰もかれもまったく形になっていない。だいいち妃嬪たちのほとんどはひらひらとした襦裙姿で木剣をふるうので、危なっかしくて仕方ないのである。

まず練習着を仕立てるところからはじめないとならないと、銀泉が「服を揃えましょう」と提案した。翠蘭も、広袖で胸もとを露わにした上襦は戦いに向いていないと思ったので、今日の午後に、銀泉と一緒に尚服官《しょうふくかん》に揃いの制服を作ってもいいか許可をもらいにいくことになっている。許可はすんなりと、おりるだろう。紅軍は義宗帝と皇后の肝いりの軍なのだ。

妃嬪たちは、みな、当面の仕事を手にして顔つきがきりりと引き締まったように見えた。

おそらく翠蘭自身も。

やるべきことがあるほうが、気持ちが安定するものなのかもしれない。それがわかっているから、義宗帝は翠蘭をはじめ妃嬪たちに物事を命じているのかもしれなかった。

――とにかく、目の前のことをひとつひとつこなしていくしかない。

紅軍の鍛錬を終えた翠蘭は、同じく鍛錬を終えて「もっと稽古をつけて欲しい」と請うてきた花蝶を伴い、水月宮に戻った。

木剣のかわりに今度は鎌を手に、庭に腰を屈め、まだ柔らかい草を鎌でざっくりと刈りはじめる。

大きな影が過《よぎ》ったことに慌てたのか飛蝗《ばった》がぴょんと草の葉から飛んで、逃げていった。青い草の匂いが鼻先をかすめる。額を汗が伝い落ちる。

翠蘭のはすむかいで同じようにしゃがみ込んだ花蝶がぶつぶつと文句を言っている。

「剣の稽古をつけてもらいにきたのに、草刈りの手伝いをさせられるなんて」

今日の花蝶は、翠蘭とよく似た、筒袖の男装姿だ。髪も邪魔にならないようにひとつにまとめて高く結い、布で縛りあげている。気合いは充分。ただ、まだ幼いゆえの体力と筋力不足が否めない。本人もそれを自覚しているので、もっと鍛えてくれと言い張って、朝の鍛錬の後にこうやって水月宮までついてきているのだ。

「暑くなるとあっというまにのびるから、勢いづく前に、一度、手入れをしないと後で悔やむんです。草丈をのばしてしまってからじゃ遅い。鶏小屋も、囲いの塀も、がたついてないか点検しています。庭の維持も家屋の維持も日々の積み重ね、剣の鍛錬と同じです。毎日の積み重ねが、だいじ」

花蝶は草を刈る手を止め不思議そうに翠蘭を見返した。

「なんですか？」

「昭儀は当たり前に夏が来て、秋が来て、この庭の草丈が生い茂るって思ってるのだな」

「思ってますよ」

義宗帝は龍の末裔で、彼は皓皓党に負けるような器ではないと信じている。だから水月宮の庭の草をいまのうちに刈る。この後、忙しくなって放置せざるを得なくなったら庭が荒れるから、いまのうちにやれることはしておきたい。翠蘭は、当たり前の日常を、どんとかまえてこなそうと思っている。

「ふうん。そっか」

花蝶が、ほっと安心したような柔らかい笑顔を見せた。当たり前に明日がつながるのだと翠蘭が語ったことをたのもしく感じたのかもしれない。だから、翠蘭も微笑みを返した。

笑っている場合ではないことなど百も承知だ。でも、自分より小さな者に不安を感じさせる態度は、とりたくない。絶対に。

そのままふたりは無心になって草を刈った。

二刻の後、明明がぬるい塩水を椀に入れて運び、声をかけてくれた。汗をかく日は、真水ではなく、ほんの少しだけ塩を振った水を飲むのがいい。

「一度、お休みになってください。こちらにお水と桜桃《おうとう》を置いておきますね。それからこれはいまさっき届けられたお手紙でございます」

水の椀の隣に山盛りの桜桃の皿を置き、明明が去っていく。手を洗うための手桶の水を地面に置いていくのがさすが明明だった。ぬかりない。翠蘭もゆっくりとのびあがった。

花蝶はいそいそと立ち上がって卓に駆け寄った。

「桜桃を食べる前に手を洗ってください」

「はあい」

素直に手桶で手を洗う花蝶に、懐から手巾を取りだして渡した。一緒にしまいこんでいた紙片が抜け出て、地面に落ちる。

翠蘭が拾いあげるより、花蝶の動きが先だった。

くしゃくしゃになった紙である。

「これは、なに……？」

「なんでもないです。ただの紙ですよ」

翠蘭は花蝶から紙を受け取って、再び懐にしまう。

春紅が紙鳶というものを折って、飛ばして、雪英の部屋に置いていったのである。

部屋のすみに残されたそれを、雪英が誇らしげに運んできたのは今朝だった。

「春紅が作ったのです。たった一回、淑妃さまに見せていただいて、それを覚えて自分でも折れるようになったのです。春紅は真面目で立派な宦官で自慢の友人です」

と、雪英は笑顔であった。

広げてみると、淑妃の蔵で見付けた紙と折れ曲がり方がよく似ていた。

だから、翠蘭は「やっぱり淑妃の蔵から火薬を盗んだのは春紅なのだな」と思った。

そして春紅が落としていったのだと気づいた淑妃が、咄嗟に「自分のものだ」と嘘をついて盗人の証拠を隠した。

――春紅には、紙鳶だけじゃなく、他にも疑わしい節がある。

春紅は「皇后が厭うから」いい匂いをさせて過ごしていると言っていた。

考えてみれば、その通りなのだ。水晶宮に仕える宦官や宮女たちが、悪臭を放つまで同じ下着を着用しているのを翠蘭は見聞きしたことがない。皇后の使いとして人前に出るときに、悪臭を放つ下着入りの袋を持ち運んでいるなんてもってのほかだ。

なのに春紅は、淑妃の蔵に出向いたときに、どうして悪臭をさせ汚れた下着の袋を目につくように持っていたのか。

——悪臭で、淑妃をはじめとした宮女たちを遠ざけるために画策したんじゃあないかしら。

ひとりで蔵に出入りしたかったのは、火薬を盗むため。

——結局、淑妃さまが示唆したように、皇后さまがわざとわかりやすい形で火薬を盗ませたのかしら。

とはいえ皓皓党を制圧しなくてはならないいま、そんな内輪争いをすることに意味があるのだろうか。

盗難事件について考えながら、翠蘭は、自分も水桶に手を差し入れた。冷たい水が心地よい。爪と指の汚れを落としていると、花蝶が、今度は、卓の上に置いてあった玉風からの手紙に目を留めた。

「すごい厚さ……玉風と昭儀はいったいなにをこんなにやりとりしているの？　会って話したほうが早いでしょう？」

分厚い紙束に、目を丸くして問われ、翠蘭は苦笑する。

手紙ではない。玉風が貸してくれた華封の偽白書だ。

本来は水につけることで文字が浮き出るようだが、玉風は原本を書き写して清書し、少しずつ水月宮に送り届けてくれている。

「私が興味がある書物を、清書して送ってくれているのです。昔話です。華封という国ができる前の伝説です」

「ふぅん」

そんなものが華封国に残っているはずがないと言い返さないのは、花蝶があまり物事を知らないせいである。

しかしことこれに関しては彼女が無学だというのではなく、教える者がいないせいだ。華封国の歴史のほとんどを、おとなは、子に伝えない。伝えられないまま百五十年が経過した。

翠蘭も義宗帝に教えられるまで伝承があることを知らなかったのだ。

「読んでみますか？」

「いいの？」

「いいですよ」

封書を卓に広げ、花蝶に手渡す。引き寄せたそれに顔を近づけ、花蝶は飛び込んできた文章を音読しはじめる。

「――かくして龍の乙女は水底に沈みその後も龍たちは水の霊力を以て民を守り給うた？龍の乙女って？」

「この国には昔、始祖の龍がいて、その龍は乙女だったんだそうです」

いままで知り得たことをかいつまんで説明すると花蝶は興味深げに聞いてくれる。

龍の乙女はたぐいまれな力を持っていて、川を氾濫させ、天と地を覆した。龍の力を怖れた人びとがその力を鎮めるために生贄を差しだした。

そしてある日、龍の乙女は生贄の男と恋に落ちたのだ。

龍の乙女は男のために力を使い、華封の国の開祖となり皇后として君臨した。しかし恋を知り、子を産んだ龍は、宰相の一族にだまされて捕えられ後宮に囚われることになった。最後に龍の乙女は龍体に戻り、正気を失って、贄の男に剣で身体を貫かれ——水底に身を投じる。

そこで龍の乙女の物語は終わり、そこからはじまるのは次代の龍の史記である。歴代の龍たちはずっとこの国は呪われているのだと綴る。

——三代の龍は伝承のなかの始祖の龍を求め、悲しみに暮れ、荒ぶり猛り龍体と化した。再び天と地が覆り大地が割れ、贄が剣を手に龍を貫くと、水が凪《な》いで地に平和が戻ったと聞く——

まれに呪われた身体を継いだがゆえに、人の身体を失い、荒ぶって「天と地を覆し」始祖の龍と同じに神剣に貫かれ消える龍が現れる。

さらに次の龍は「前帝は呪詛龍であったが我は皇帝として人の身体を失うことなく、国を治める」と心に誓い――後宮と城と国の呪詛を祓うために国費を費やす。

という話が、夏往国に敗北する惜帝の御代まで続いているのだった。

読みすすめるにつれ翠蘭の心に不安が蓄積していく。

――私が陛下に賜った神剣は、華封の国に祀られてきたものだと聞いている。

翠蘭が持つと幽鬼が見える、不思議な剣。

あれは――我を忘れて猛る龍体を貫き、制止するための剣として、安置されてきたものなのだ。

だとしたらすべてがつながってしまう。

与えられた神剣。義宗帝がかつて人相見に告げられた予言。

――陛下は皓皓党との戦いで正気を失い、龍体になってしまわれるのではないのか？

そして私は陛下の心臓を貫いてその暴走を止めることになるのでは？

目の前で龍が立ち上がり、咆哮し、鋭い爪と、巨大な尾で、南都を――あるいは近隣の村郷を――人びとを蹂躙《じゅうりん》したならば――翠蘭は『龍』を止めようとしないでいられるか？

この偽白書を読んで「もしかしたら」龍を止められるのが剣なのではと思いついてしまった以上、翠蘭は、きっと、悩みながらも「いざとなれば」龍の心臓を神剣で貫こうとする。

――だって陛下は、自分が南都と人びとを壊し、殺戮することを良しとしない。それくらいなら自分を殺してでも止めてくれと願う、そういう龍だと知っている。

彼は自身の力を武器とされることを厭う龍で、翠蘭は彼の神剣である。

思い悩みながら書面を捲る翠蘭を尻目に、

「ふぅん。変なお話」

と花蝶はたったひと言で物語を片付けた。

まっすぐな子どもにかかると、悲恋の伝説も「変な話」で終わってしまう。

「そうですね。変な話です。この国は呪いでできあがったのに、龍の乙女は愛する人たちを守るために水に飛び込んでいる」

——守ろうとしたのだ。

そう書いてある。

「龍の霊廟に妾はいったことがない。昭儀は前にいったと言っていたよね。宦官がひとりあそこで亡くなって——呪われているとかどうだとか——あそこには歴代龍の像が祀られていると聞いている。始祖龍の像もあるのだろうな。どんな乙女であった？」

ふいに花蝶がそう聞いてきた。子どもは、自分の興味次第で、聞きたいことだけを聞く。

「どんなって……女性の像はなかったです。始祖の龍のお姿は飾られていた。とてもご立派な、神々しくもいかめしい、鱗《うろこ》をまとった龍の像が……」

——龍の像しか、なかった。

龍の霊廟に並んでいた像に、乙女の姿は、なかったのである。

午後になった。

銀泉が尚服官に紅軍の制服について申し立てをするというので、翠蘭も彼女についていった。

後宮内の実務を担当する役人たちは、尚宮《しょうきゅう》につとめている。朝から晩まで、書類や竹簡、あるいは物品のつまった袋など、なにかしら手に持った宦官や宮女が忙しなく出入りしている宮である。

翠蘭は、後宮で髑髏《どくろ》が発見されたときに、その持ち主を捜しまわったせいで、尚宮の場所とそこで手続きを進める方法を知った。

殿舎はいくつもの部屋で区分けされ、長い廊下でつながっている。妃嬪たちの宮とは違い、だだっ広い建物のなかに特徴のない部屋と扉が続いているのが、どこか迷路めいている。

「最初に私をここに引っ張ってきてくれたの、銀泉さんだったわね」

ふとそうつぶやくと、

「そうでしたっけ。あたしときたら、才人の身の上で昭儀を引っ張っていったんですね。それは申し訳なかったです」

と銀泉がしおらしく目を伏せた。

「申し訳なくなんてないわよ。教えてもらって助かったから、よく覚えてる」

「昭儀はお心が広くていらっしゃるから許されてますけど、同じ調子で皇后さまと話したらたぶん首が飛んでますよね」

ひそひそと言われ、翠蘭は真顔でうなずいた。

「それは、そうね」

銀泉はひーっと小さく悲鳴をあげ、

「これからも、あたしは、なにかしらやらかすと思うので、そのときは助けてくださいませね」

と続けるのだが——これでいて銀泉は人を見る目もあり、空気を読む才にも長けていて、失態を演じることはないのである。ただ己を落とす話題で、場を明るく賑やかにしたいだけなのだ。

笑いながら、廊下を抜けて〝尚服〟の札のかかった部屋の扉を開ける。

入ってすぐに横に長い机が据えられていて、その中央に座っているのが尚服長であった。彼女の前には人が列を作って並んでいる。机の上に番号のついた札が置いてある。銀泉と翠蘭は顔を見合わせ、共に尚服長の列の最後尾に並んだ。

順当に列が進み「どうぞ」と声がかけられて、尚服長の机の前に立った。

「紅軍の制服を作りたいので申請の書類を用意しました。各自で着やすい衣装を用意するにしても、布の供給に尚服官の許可が必要ですので。こちら、お願いいたします」

事前に書いた書面を渡す。義宗帝と皇后にも許可を取り付けている。ふたりから尚服長に話がまわっているのであろう。尚服長はちらりと書面の一枚目だけを見て「はい。それではこの札を持って、布の受け取りにいってください。書類はこちらでまわしておきます」とうなずいた。

翠蘭は話を切り上げられる前に、慌てて、

「水晶宮の宦官と宮女たちに支給された衣装の書類の閲覧許可をいただけますか。私は水月宮の昭儀です」

と、もうひとつ申請をする。

「……水晶宮ですね。では昭儀は、これを持って、ふたつ隣の列に並んで、係の者にその旨を伝えてください」

なぜ昭儀が他の宮の書類を、と不思議そうな顔をされたが、理由は問われなかったし、却下もされなかった。代わりに木札を渡された。

列から離れた翠蘭は、まず銀泉にあやまった。銀泉が向かう場所と、翠蘭が並ぶ列は、逆方向なのだ。

「ごめん。私はこっちに並ぶから……」

すべてを言わずとも銀泉はすぐに察して、顔の前で手をひらひらと振って笑う。

「昭儀には昭儀でなにかやることがあるんですね。だったら、こっちは、いいですよ。どっちにしろあたしひとりで運べる量の布じゃないでしょうから、算段つけて、荷車の用意をしてみんなに運んでもらうことにします。後宮に来て、はじめてくらい、みんな揃って忙しい。おたがい、がんばりましょうね。って、昭儀に向かってこんな言い方しちゃってごめんなさい……」

銀泉らしい、おかしみのある言い方であった。

「あやまることないわよ。がんばりましょう」

つい笑ってしまった翠蘭に、銀泉も頬に笑みを浮かべる。

銀泉は、それ以上とくになにを聞くでもなく、拱手をして、くるりと背を向けた。尚宮の殿舎を行き来するみんなと同じに、早足で去っていく。

翠蘭は木札を持って指定された列に並び、係の宮女に水晶宮の宦官の下着や長袍、帯の支給についての記録を見せてもらった。

「水晶宮は数が多いので、月に一度、まとめて支給をしております。水晶宮の側で、とりまとめ役の長が宮女と宦官に手渡しているので、個々人になにをどれだけというのは私どものほうでは記録に残していないんですよ。ああ……だけど四月に入ってすぐに追加で支給をしていましたね」

尚服官は記載された文字をみてなにかを思いだしたようである。

「水晶宮の宦官ですね。ひとりでやって来て、十枚、新しい下着の支給を申し出たので許可しました。いつもなら、待ってもらうこともあるんですが、皇后さまはこれから夏往国に戻られる準備をしていらっしゃるので、こちらから問い合わせるとわずらわしいでしょうと、そのまますぐに出しました」

「誰が申請したかはわからないですか？」

尚服官は眉をひそめ、

「お渡ししたことで、昭儀になにか支障がございましたか？」

と逆に聞き返してきた。

「支障はないわ。ただ、水晶宮の宦官の服が臭っていたと聞いて、気になって」

「ああ……そうですか。昭儀が、なにかされたってわけじゃあないんですね。だったら、支給したのは宦官の春紅です」

だったら、というのはどういうことかと戸惑うが、そのまま尚服官は身を屈め小声で話し続ける。

「昭儀さまがこうやって調べてまわってるってことは、事件が起こったんですよね。どんな事件かはわかりませんが、私が言えるのは、しょっちゅう、いじめにあった宮女や宦官がここに並ぶってことくらいですよ。気にくわない相手の服やらものやらとにかくなんでも盗んで、切り裂いたり、汚物にまみれさせたりする嫌がらせをされて、服や物をだめにしてしまう宮女や宦官がたくさんいるんです。今回、春紅には新しいものを支給できましたけど、再支給も願えないで、泣き寝入りする宦官と宮女のほうが多いんですよ。貧しい宮だと、主人が〝だめ〟って言ってくることもあるんです」

たぶん翠蘭は呆気にとられた顔をしていた。が、すぐに取り繕って「そうなの」と相づちを打つ。

「だったら春紅もかわいそうですよ」

またもや不思議な「だったら」でつないで、尚服官が続ける。

「春紅は、皇后さまのご用事をこなしてるだけで、小さなうちから後宮にいて、これという特技もないんだから、皇后さまに命じられたことをこなしていくしか生きる術はないんです。逆らうことなんてできやしない。なのに、人によっては春紅にされた仕打ちをずっと根に持って、皇后さまがいなくなったら春紅をとっちめてやろうって計画を練ってる。昭儀さまがこうやって調べてまわってるってことは、春紅に関係した事件なんですか？」

「それは言えないわ」

と告げたところで、尚服官はわかっているというように鷹揚にうなずき、

「だったら、春紅を捕まえるときに情状酌量してあげてくださいよ。これは春紅に限らずですよ。いままで睨みをきかせていた皇后さまがいらっしゃらなくなったら、後宮はしば

らく荒れます。事件も増えるでしょう。そういう事件は、昭儀さまが取り調べることになるんでしょうねって、私らも話していたんです。陛下の剣で、いままでいろんな事件を解決されていらしたんだから。そうでしょう？」

「そんなことは……」

「まあ、そんなご謙遜《けんそん》を。私たちにはそんなふうに取り繕わなくていいですよ。これからもなにかある度に、うちの長机の前にいらっしゃるんでしょう。だったら、昭儀さまがなんの事件を調べて、誰を罪に問うのであっても、背景を考慮してやってくださいませ。

——私だって、たまたまここで仕事をもらったから、朝から晩まで服や布の数をかぞえて書類を見てのくり返しで平和なもんですけど、違う場所に配属されたら、やらなきゃならない仕事も変わってしまう。たとえどんな怖ろしいことでも、私たちは、命じられたら、それをやるだけなんです」

　小声で、そして早口で一気にそう言うと、寄せていた身体をすいっと遠ざけ、

「だけど、ほっとしましたよ」

　と、息を吐きだした。

「だけど？」

　ここは「だったら」ではないのかと、きょとんとして聞き返す。

「昭儀さまが事件を調べてるってことは、平和なんだろうって思えますから。紅軍を作っ

て、妃嬪宮女宦官みんなで後宮に軍を——動きやすい制服をしつらえるのに申請書を出して……って言われると、ただごとじゃあないんだと思ってしまいます。けれど、紅軍を鍛えて、指揮をする一方で、昭儀さまがこうやって別な事件を解決するために動きまわっているのなら、まあ、たいした争いにはならないんだろうなって——昭儀さまはご苦労なことと思いますが、私たちでできる手伝いはしますので、なんでも聞きにきてくださいませ」

尚服官に頭を下げてそう言われ、翠蘭は「はい」と、うなずいた。

そういうことか、と思いながら、翠蘭は後宮の大路を歩いていく。

皓皓党の乱とその制圧に動きながら、義宗帝が翠蘭をまたもや事件の解明に走らせた意図のひとつは「みんなを安堵させるため」だったのかもしれない。

水月宮で開いた、皇后も含めた妃嬪たちとの宴も——その後の紅軍の鍛錬も——。時間だけをもてあまし、噂に翻弄されていては不安だけが膨らんでいく。

もちろん、見ないふりをしてそれで平穏でいられる妃嬪や宮女もいるだろうが——あの日、集められた妃嬪たちは、違った。自分にできる仕事を見つけ、まわりのみんなと共同し、積極的に皓皓党との戦いに関わることで、気持ちがなだらかになるだろう妃嬪たちであった。

——私も含めて、事態に関わっていきたい妃嬪が集っていた。

また義宗帝の手のひらの上で右往左往させられている。が、前ほど途方に暮れることはなくなっていた。なるべき形になるのだと信じて彼の手のひらの上で走りまわっていればいいという信頼ができている。

翠蘭は水月宮ではなく、龍の霊廟に向かって歩いていく。

後宮の外れにある龍の霊廟は、池の真ん中にある島をまるごと使って建てられた廟である。龍に関わる者以外は入ることを禁ずる場であるが、それは建前だ。手入れや掃除をするために、皇帝の縁者以外も足を踏み入れる。

龍の霊廟の島に入るための橋を渡ると、『龍廟《りゅうびょう》』としるされた扁額が掲げられた金と朱と緑で彩られた立派な門が目の前だ。

塀で区切られた石畳の道を進み、朱塗りの柱に金と銀の龍の飾りをほどこした儀門をくぐり、殿舎に入る。

「……っ」

ふわりと身体が浮き上がるような感覚があった。

何度かここに来ているが、毎回、一瞬だけ眩暈がする。どうやら人の身体のなかを駆け巡る陰の気と、水分に、この場が作用しているかららしい。

——龍の力は水をつかさどるもの。

「言い伝えられてきた物事には理由があるのだ」

翠蘭を育ててくれた于仙は何度もそう言っていた。

華封の龍は水にまつわる力を持っている。歴代の龍の皇帝たちと始祖の龍を祀るこの龍の霊廟は、それゆえに陰陽の陰の気と水に作用する。

歴代の皇帝たちの像は壁に沿って等間隔で設置されていて、翠蘭は、皇帝の名がしるされている像をひとつひとつたしかめて歩いた。

「優帝、武帝、その子である幼き少帝、文帝、孝武帝、健帝、明帝。……惜帝の像もあるのね。名を伝えられていなくても、像がある。さらに光帝、聖帝、誉帝」

歴代皇帝の石像すべてがその顔を向けているのは、廟の最奥の祭壇に鎮座している巨大な金色の龍の像である。

——かくして龍の乙女は水底に沈み、その後も龍たちは水の霊力を以て民を守り給うた——

龍たち、なのだ。

一体ではなく何体もの龍がこの国を守っているのか？

「龍の霊廟に並ぶ歴代龍の像のなかに初代の皇后の像はない。じゃあやっぱりあの金色の龍は、始祖の龍――乙女の像なんだ」

祭壇には紅色の絹地に金銀の糸で雲海と銀波をあしらった布の帳《とばり》がおりている。布が邪魔をして龍像の頭部が見えない。

「……龍舟の神事は水を叩き、端午の節句に行われる」

捜しているのは屈原の亡骸ということになっている。が、きっと違うのだと翠蘭は思った。

偽白書の記述を読み解いていくと別な解釈が浮かび上がってくるのだ。

――龍の乙女にまつわる伝承が時の経過と、夏往国によって、なかったことにされてしまったから、別な人物に置き換え、神事だけが伝えられた。

華封の国の水の底に龍の乙女がいる。

いまも、いる。

だから、いまも人びとは彼女の姿を捜し、水面を舵で叩いている。

4

端午の節句の前日——外廷の執務室である。

義宗帝は机に山積みになった書面を傍らに寄せ、玉風の手で書き写された偽白書を広げる。

義宗帝の前に殊勝な顔つきで立っているのは、胡陸生《こりくせい》。義宗帝が贔屓《ひいき》している有能な尚書官であった。

「そなたに目を通してもらいたくて、いくつかを選り分けて持ってきた。ここでいますぐに読み、意見を述べよ。私がそなたに意見を聞きたいのは、呪いについてでも、道術や巫術や地相学についてでもない。政治と経済の話だ。歴代の龍たちのなかで、他国との戦争に至った龍と、それ以外の龍との違いについてだ」

夏往国に負けたのは惜帝だが、それ以前にも、常に華封国は他国との諍《いさか》いをくり返していた。

偽白書を読み返すに、平和なときの少ない国であったのだ。

義宗帝の言葉に陸生が「はい」とうなずいた。

胡散臭げに偽白書の写しを手に持ち、ばらばらと頁を捲る。はじめは怪訝そうな顔で読み進めていたのが、だんだん頁を捲る手の動きが早くなっていった。じきに陸生は、偽白書の紙のなかに飛び込むかのように前屈みになる。

「陸下、これはもっとじっくり読みたいのですが、うちに持って帰ることは……」

はっと顔を上げ、目を爛々《らんらん》と輝かせて言ってきたので「この偽白書は、内容が内容だ。持ち帰ることは許さぬ」とひと言で封じた。

「はっ」

陸生の両の目尻が切なそうに垂れた。落胆し、けれど気を取り直したのか、陸生は再び偽白書を抱え、書物に没頭する。ときどき、頁を前に戻して「このときは、そうか。商人が介入し均衡を保っている。こっちは、商人に煽られて、売り買いついでに戦争がはじまって……」などと独白を漏らす。

陸生は、食い入るように読み進め、最後の頁を捲り終えると呆然とした顔で義宗帝を見返した。

「私の知る範囲で、そなたがいちばん、学問というものを信じている。だからこそ、そなたに問いたい」

「はっ、なんなりと」

陸生が誇らしげに胸を張る。義宗帝の言葉が深く胸に沁みたようである。

「歴代の龍たちはさまざまなことを細かく書きしるしている。惜帝と他の龍の違いは、なにか。そして、戦争に至らなかった龍と、それ以外の龍との違いはなにか」

「龍の書に学ぶまでもなく、他国との均衡がとれているか、いないかが重要でございます。さらにどれほど賢き龍であっても、時運というものに左右される。物事は良いほうに転がり続けることもあれば、悪いほうに転がり落ちていくこともあるのだと、この偽白書であらためて感じ入りました。打つ手すべてが、悪手となった龍もいれば――そうでない龍もいた」

困惑したように陸生が応じる。

「ならば自分は悪い運を持つ龍か、良い運を持つ龍なのか」

「えっ……それを私に聞くのですか。その質問は、学問を信じているかどうかとは関係のない話ではないですか？」

今日の陸生は、指にも袖にも墨の染みをこさえている。彼は飛び抜けて利発なのに、飛び抜けて不器用なのだ。しょっちゅう墨をこぼすし、衣装を汚す。

「そうやって、私がおかしなことを言うと、おかしいと言えるそなただから聞ける。そなたなら忌憚《きたん》のない意見を述べてくれる。私が悪運にとりつかれた龍だと断じるなら、それを信じる。私を暗愚だと断じてもそれを信じる」

聞き終えた陸生はしかつめらしい顔をし、考え考え、言葉を紡ぐ。

「陛下の運は、陛下ご自身がよくご存じではないでしょうか。運がいいとか悪いとか、それを決めるのは己の人生のすべてを知っている本人です」

実に陸生らしい返事であった。

義宗帝はずっとひとりであらゆることを決めてきた。人知れず努力を積み重ね、武術を極め、知識を得て、どういうものか自身でも不明な水をあやつる龍の力を極め——他人を信じることなく、目立つことなく、己を律し、身を潜めて生きながらえて——。

それが夏往国から華封に来て、変わっていった。

雨だれが石を穿《うが》つように——流れる水が水底の石の形を削って磨いていくように——義宗帝は華封に来て、まわりの宦官や官僚、妃嬪たちに穿たれ、流され、削られ、磨かれて——心の形を少しずつ変えていったのだ。

すぐに気づくようなものではなかった。

時の流れと共に自覚していく変化であった。

「ならば私は、私の運を自分で定めよう。私は、良き部下を得て、良き妃嬪たちを娶《めと》った。ここにきてあらゆる物事が連鎖し、関わり、星が流れ、皓皓党の蜂起に至った。これは時運だ。私は時運に恵まれている」

案ずるな。

私は龍の末裔である。

幾度となくくり返した言葉を口にして、義宗帝は、自分こそが龍の末裔なのだという事実をあらためて嚙みしめる。

「私は龍としてそなたの学問と叡智を信じ、助言を求める。そのうえで、私は自分がすべきと決めたことを、する。私がいま進もうと決めている未来と計画について、その是非を問おう」

真剣な面持ちで聞き入る陸生に、義宗帝はこれからの計画のすべてを話しはじめた。

そして、陸生との話し合いを終えて半刻後――。

義宗帝は旒《りゅう》飾りが垂下する冕冠《べんかん》を頭につけ、金銀の龍の刺繡をほどこした豪奢な龍袍を身につけて、紫宸殿《ししんでん》の玉座に座っていた。

朝議のために集った高官たちが義宗帝の前にずらりと並んでいる。拱手の姿勢で頭を垂れた高官たちは微動だにしない。

朝陽が染み込む唐紅色の壁に高官たちの影が縦長にのびている。

「反乱の徒、皓皓党が光州の関を越えた。将に兵を率いさせて討伐に向かわせたが、華封の龍軍は皓皓党を止めることはできなかったようだ。皓皓党が南都に辿りつく前に奴らをしとめねばならぬ」

義宗帝は肘掛けにもたれ、物憂げに目を伏せた。義宗帝が身動きする度に彼の頭の玉飾りがしゃらしゃらと音をたてる。

「人は、己が手に正義があると思えないなら命を賭《と》してまで戦えぬもの。此度の誤算は、彼等の手に正義を示す道しるべが渡ったことである。皓皓党は、後宮の淑妃こそが正しき龍の末裔であると言っている。だとしたら、淑妃と私は兄妹。この龍政は獣の道。糾すべきと彼等は旗を掲げ、民を巻き込み、南都に向かっている」

すると、高官のひとりが拱手の姿勢のまま、中央に進み出た。

「畏れながら陛下に申し上げます！　そのような噂を信じるのは愚かである‼」

さらになにかを続けようとしたので、片手を軽く掲げて先の言葉を封じた。言わずとも彼等の提言は把握できる。愚かであるから、お触れを出して取り締まれとか、なおも噂を流布する者は獄中につなげとか、そういう話になる。

「華封の民を愚かだと断じるのは無礼である！」

義宗帝の声が雷のようにびりびりと紫宸殿に轟いた。めったにない義宗帝の怒声に、高官が「はっ」と手を合わせすごすごと列に戻った。

「皓皓党の反乱軍をまとめているのは、元が華封の将軍であった郭文煥。いまの華封国の将たちが、かつての仲間と刃を交わし、相手をたたき切れるかどうかを私は疑問に思う。兵たち将軍たちのなかに内通者がいないと断定できる者はいるか」

問うてみれば、高官の誰ひとりとして進み出てこないのである。万が一のことを思うと、責任をとれない。進言できない。そもそもが彼らには国をよくするための信念もない。

ここにいる高官たちは、皓皓党以下であり、掲げるべき希望もなく叡智もなく正義の御旗も所持していないと義宗帝は落胆する。

わかっていたことではあったのだけれど。

「通常ならば、有能な将を任命し、討伐に向かわせる。皇帝自ら兵を率いることはない。しかし此度は龍の末裔として、私が立とうと思っている。兵に内通者がいることを思うに、信頼できる者たちだけを連れていく」

静かに聞いていた高官たちが、ざわついて顔を見合わせる。

「畏れながら申し上げます！　信頼できる者たちとはどの兵のことでございましょうか」

別の高官が進み出た。

「後宮の紅軍である」

義宗帝は玉座に身体を斜めに傾げて座ったまま、艶然と笑って告げた。

「皓皓党は、淑妃を正義のしるしとして掲げた以上、私を倒し、淑妃を手に入れねばならない。そうなると彼等が押し入る場は後宮。後宮に辿りつく前に南都と、外廷が戦場となる。私と紅軍が外に出ねば、戦の終わりまでそなたらの首と胴体はつながってはおるまい」

義宗帝は自分の白い首を指で横に切断する仕草をし、薄く笑った。

「案ずるな。私は龍の末裔である」

高官たちは蒼白な面差しで義宗帝の言葉を聞いていた。

＊

その翌日。

今日には皇后が夏往国に旅立つという朝。

夜明けと共に、紅軍のたった六名の〝精鋭〟たちを引き連れて、翠蘭は後宮の門を出て南都の外に馬を歩かせていた。

朝議の結果——紅軍が後宮を出て皓皓党を迎え撃って戦うことになったのだという。

しかも将は義宗帝だ。

なにを馬鹿なことをと思ったが、どうやら、義宗帝のふざけきった提案を高官たちは決議したようである。

宦官たちが後宮にふれまわり、義宗帝も堂々として翠蘭に「紅軍を率いて、後宮の外に出よ」と命じ、あれよあれよと翠蘭は馬上の人となった。

空は曇天の鉛の色で、風に混じるのは黄色い土だ。

南都をこえてしばらくは道の端にまばらに細い木が生えていた。見上げると、風に揺れる葉の裏が銀色にひかっていた。

しかしすぐに樹木はなくなって、辿りついたのは石ころだらけの荒れた土地だ。これという目印もない、同じ光景がずっと広がっている。

遮るものがないせいか、進むにつれて風がどんどん強くなる。馬は、追い風に押しやられるようにして、力強く足を踏みしめる。

「そんなに怒るな」

翠蘭の隣で馬に乗る義宗帝が話しかけてくる。

義宗帝はさすがに今日は戦いやすい筒袖の軽装の服に革の防具を身につけている。ものものしい出で立ちではないのが逆に妙に手練に見えた。義宗帝が腰から下げているのは翠蘭の神剣である。本来ならば翠蘭が佩刀すべきなのだが、どうしてか今日は翠蘭から取り上げ、義宗帝が持つことになった。

どうしてかと問うたら「今日は端午の節句だから」と、義宗帝が例によって、まったく答えにならない答えを寄こした。

いつものことなので翠蘭もそれ以上、深く問わずに納得した。

その後に命じられたあれこれにも不承不承納得した。

というわけで、翠蘭もまた男装姿に革の鎧をつけ、手に馴染んだ軽めで長い剣を腰から下げ、革の兜をかぶっている。

「怒りますよ。馬に乗れるってだけで引き連れてきたのはたった六名。そのみんなを殺す気ですか」

くってかかった翠蘭に「殺す気で後宮の外に出ろと命じる龍だと思っているのか？」と義宗帝が聞き返してきた。

まっすぐに聞き返され、翠蘭は鼻白む。

「いいえ。思いませんけど。でも……」

「ならばそれでいい。とにかくそなたたちは後宮の外に生きて出られる立場を得たではないか。緊急ゆえに朝議で許しが出た。昭儀と花蝶、淑妃と銀泉、玉風。そなた以外はみんな船だが。――案外、妃嬪たちは馬に乗れないものなのだな」

紅軍のなかから義宗帝自らが精鋭を選び、馬に乗れる者は馬に乗り、乗れない者は徒歩で、さらに淑妃と彼女に仕える者たちには〝川での攻撃用に時間差で爆発させることができる火薬を積んだ機械仕掛けの龍舟〟を何隻か運び入れ、船に乗って川を下れと命じて後宮の外に出したのである。

――本当に無茶だ。無茶な計画すぎる。

「そりゃあそうですよ。身分の高い女性は外を歩くことすら自分でしないのに、馬を自在にあやつる機会なんてないに決まってるじゃないですか」

馬に乗れる妃嬪は翠蘭だけだった。厳密には皇后も乗れるが、皇后は身重なので留守を守ることになった。

募ったところ、実家で馬と暮らしていたという六名ほどが乗馬ができると名乗りをあげた。義宗帝は彼らを軍の騎馬兵に任じた。

精鋭たちは、義宗帝からあてがわれた馬に乗り、翠蘭の用意した防具を身につけ、ぽくぽくと翠蘭の後ろを遅れてついてきている。

翠蘭の趣味が武器と防具集めで、後宮に大量に持ち運んで輿入れしたのが、こんなところで役に立った。布の服だけで戦いの場に赴かせるなんて、とんでもない話である。翠蘭は馬に乗れるという宮女と宦官たちに、手持ちの大量の防具をそれぞれ身につけさせた。

武器は短剣だけを与えたが「抜かないとならない状況になるより前に、とっとと逃げて」と強く頼んだ。

「馬に乗れる者に関しても——乗れるとか扱えるっていうのと、乗って戦えるかはまったく別問題なんですよ。私だって乗れはするけど騎馬兵じゃあない。槍や長柄の武器を馬の上でふるえるかっていうと無理ですよ」

「案ずるな。そなたたちはただ見ていればいいのだ」

いつものように「案ずるな」だ。翠蘭は天を仰いで一瞬だけ目を閉じた。

黙っていたら義宗帝がもう一度「案ずるな」と告げた。

「誰も殺さない。私が守る。そなたが心配するようなことは起きない」

義宗帝が選んでくれた馬は名馬で、翠蘭が指示をしなくても勝手にぽこぽこと歩いてくれる。上に乗る人間を振り落とすこともないし、安心だ。またがっていたら、行くべき場所に運んでくれる。これは翠蘭以外のみんなを乗せている馬も、そうだった。

――いざとなったら、馬が、人を乗せて安全なところに逃げ帰ってくれるんでしょう。そういうことも計画しているんでしょう。陛下はちゃんと抜け目がないし、誰かが命を落としたら「私が」気に病むだろうと心がけてくれるし、そう言うのよ。

「ここで後宮の紅軍が皓皓党を討ち取ったら、この特例は以降も活きる。後宮の妃嬪も、宮女も、宦官も、生きたまま外に出ることができるようになる。決められた約定と法が、これをきっかけにして変わる」

義宗帝は低い美声で語り続ける。

「この戦が終わったら帰りに後宮の門を壊し、呪われた後宮は解散させよう。丹陽城はうち捨てて、遷都をし、新しい都を作る。楽しみである」

途方もないことを次から次へと、と翠蘭は思った。

「陛下はなにを言ってるんですか……」

ため息混じりに問うてみると、

「なにを言っているのかと問われると――夢と希望を口に出している」

はあ……と深いため息が出た。例によって「どんな顔でこんなことを言っているのだろう」と隣を見ると、義宗帝はまっすぐ前を向いて晴れがましく微笑んでいるのだ。

「私は私の代で後宮を壊し、そなたたちを自由にしたいのだ。そのために皓皓党をも利用する。まず、そなたらに皓皓党を打ち破ってもらわなくてはならないが」

「たやすいような言い方しないでください。紅軍は隊列組んで戦をやったことないんですよ。私からして兵書や戦術書を読んだことがあるくらいで、たいした知識も経験もない。なのに……」

言いかけた翠蘭の言葉の途中で、

「それはたのもしい。昭儀が兵書や戦術書を読んでいるとは、思っていた以上に、頼りがいがある」

と義宗帝が軽やかに告げた。

「たのもしくなんてありません……」

でも、と、翠蘭はうつむいて言葉を続けた。

「頼っていただけるなら嬉しいです。私はあなたの神剣です」

これは本心だ。

どんな無茶な計画であろうと、翠蘭を隣に置くことを義宗帝が選択したのだ。

ならば神剣として、こんなところで義宗帝を死なせないと強く胸に誓う。

なにからなにまで想定外だった。けれど考えてみれば翠蘭が後宮に来てからずっと、義宗帝が翠蘭の想定の範囲内の行動を起こしたことなどなかったのだ。想定外なことが、平常だ。そして彼はいつもやり抜いてきたし、思った通りに物事を動かしてきた。

――だったら信じましょう。この龍を。

「うむ。それでこそ、我が剣だ。さて――どうして光州の半ばの平地を目指すかは、そなたもすでに理解していると思うが」

理解していないが、いちいち「いいえ」と義宗帝の言葉を遮るのは無意味なので、うなずいて、話をよく聞くために馬を寄せた。

「皓皓党は陸路で南都に向かっている。光州の関を越えたという報告を受け、いちばん近い橋を淑妃の火薬を使い、落とした。使った兵士が言うには〝ありゃあもうぶったまげる武器で、雷土《いかづち》が地面で唸ったみてぇでした〟だ、そうだよ」

妙に臨場感溢れた兵士の声真似をした。

義宗帝がそんなふうにおどけてみせるのは、はじめてだ。どうやらさっきから義宗帝は高揚しているらしい。にこやかな笑顔も、軽やかな口調も、口にした夢と希望という言葉も、すべてが、いつもより明るく輝いている。

「え？」

翠蘭の唇から戸惑った声が零れ落ちた。

淑妃の火薬は、もう、外で使用していたのか。そしてそんなに破壊力があったのか。

「橋を落としたから、皓皓党は、流れのゆるい浅い川を渡るしか先に進む術がない。もちろん船を雇って河川を使って南都入りする分派もあるかもしれないが、皓皓党の兵の大半は陸路を使うと踏んでいる」

「どうしてですか。華封での移動は、陸路ではなく船が普通でしょう？　私の輿入れも、船旅でした」

「船は商人たちが所有している。そして商人たちは華封の貴族たちに忠実だから、皓皓党に与しない。彼らは船に乗れないのだ」

「畏れながら、陛下、そこまでみんなは忠実ではないのでは、と」

怪訝に思い問いかけた。翠蘭が暮らしていた泰州で、民びとたちが義宗帝に忠実だと感じたことはなかったのである。翠蘭が後宮に輿入れした経緯も、貧乏くじを引かされた結果だ。

みんなは義宗帝を、夏往国の傀儡だとあなどっている。

「前にも言ったが、私と皇后は、民びとに信頼をされていなくても商人とのあいだに太い絆があるのだよ。商人たちは貴族に忠実、というより——商売と財に忠実だと言い換えたほうがいいか。商人は、利を得られる側につく。華封の皇帝には夏往国が控えている。それは、わかるね？」

「はい」

「私に手を出すということは、夏往国ともやり合うことにつながる。皇后に裏をとらせたが、皓皓党の連中は、夏往国の貴族たちとやりとりをしているわけではなかった。皇后は、怖いぞ？　私の首が胴体と離れた途端、皇后が牙を剝くだろうし、夏往国はそれを止めないよ。だから商人たちはまだ戦いのための商いの準備をしていないのだ」

義宗帝はひどく楽しげに話をする。自分の生死に関わる話をするとき、微笑む癖があることを、本人は自覚しているのだろうか。いつ死んでも悔いなしで、自分の身体を賭け事の対象にする言い回しをしていることも自覚しているのだろうか。

「夏往国との争いに発展したとして、皓皓党と郭将軍だけでは兵力が保たない。あっというまに蹴散らされるだろうが——ただしそれは郭将軍も理解している。だから、夏往国がこちらに向かってくる前に、郭将軍は、国境の封鎖をするだろう」

華封は広大な土地を持ち、財を持ち、河川と港で他国に開かれていると、穏やかな話しぶりで続ける。

反乱軍の討伐にいくっていうのに、遊びに出かけるみたいな顔で、馬に乗り、期待に溢れた顔をして話すのが、心底、不思議だった。

「もっともこれだけ広い国だから、どう閉じてしまおうと、ほころびは見つかる。商人たちは華封だけを相手にしているのではなく、夏往国や理王朝と神国、計丹国とも商いをしている。彼らは、商いを止めず、封鎖された国のほころびを見つけ、他国との貿易を続けるだろう。利になる資源を売ろうとする」

今回ならば、貿易の要は、淑妃の火薬だと義宗帝は断定した。

「橋を爆破してみせた武器なのだ。商人たちに、そして他国の密偵たちにも見えるように、わざわざ人が集う大きな橋を爆破したのだ。火薬の存在は、あっというまに他国に知れ渡るだろう。どの国も欲しがるさ。欲しがる誰かがいる限り、商人たちは、商売をしようとする」

風が、止んだ。

日はささないのに変に蒸し暑く、翠蘭の肌は汗ばんでいる。

嫌な話を聞いていると思いながら、翠蘭は首筋に滲む汗を手甲をはめた指で拭った。

「淑妃の火薬が鍵なのだ。あれを手に入れるために商人たちはいま暗躍中だ。火薬を持っているのは紅軍と、夏往国。皓皓党ではない。皓皓党に船を貸しだした商人と商団とは、火薬の取り引きをしないと告げている」

だから皓皓党は船の用意ができずに陸路を来るよ、と、言いながら義宗帝は馬の歩みを止めた。

「もし船を借りられたとしても、そのときは淑妃の乗る船が駆けつける。見知らぬ商船や、予定にない船が川を走るのは目立つんだ。すぐに連絡がいって、淑妃が山ほど火薬を積んだ船を走らせる。皓皓党の船は淑妃に木っ端微塵にされることだろう」

「畏れながら、陛下――船が木っ端微塵になったら、乗っている人も死にます」

「そうだ」

翠蘭の言葉を義宗帝は冷淡に受け止める。

それがなにかという言い方だった。

そこにいるだけでまばゆくひかってでもいるような白い肌。黒曜石の双眸。薄く整った形の赤い唇。

やっぱり彼は龍なのだと、翠蘭は思う。

人とは違う生き物で、人とは違う真心を持っている。優しいが、怖い。

――皓皓党と戦うということは、人を殺すということ。人に殺されるかもしれないということ。

翠蘭も含めて、いままで、ぬくぬくと過ごしていた妃嬪たちに、いきなりそんな修羅場を突きつけるのかと思う。

「後宮の外に出るのなら、相応に傷つけと、陛下はそう思っていらっしゃるのですね」

「傷つけないですむなら、それに越したことはない。だが、私は未熟で至らぬ龍である。いまの私には、この方法しか思いつくことができない。そなたらすべての望みをかなえ、私の望みもかなえ、国にかけられた呪いについて時間稼ぎをし、私以降の龍を夏往国から解放する方法は、これしかない。私は、私の代で、国を壊し、城も壊し、後宮も壊す」

義宗帝は、揺らがない目をしていた。

「そうすることでそなたたちを守ると、決めた。それに、そこまでひどい戦いにはならないと読んでいる。もっとも、私の読む未来が、当たるかどうかも断定できるものではないが——私は運の良い龍である。星が流れ、時が満ちた」

続いて義宗帝は、唐突に、陸生のことを覚えているかと静かに聞いてきた。

「はい。私が南都でいろいろと面倒をみていただいた先生ですよね」

翠蘭が南都に出た際に、諸々の手配をしてくれたのが陸生であった。

「陸生と私は話しあった。内乱にしろ、国同士の戦にしろ、武器と兵力と機運だけで勝敗が決まる時代はもう過ぎたのだ。偽白書にしるされていた神話の時代ですら、争いの発端は領土が育む資源や人を含んだ財力の奪い合い——つまり発端は経済だ。まれにただやみくもに天下統一を目指すという覇王もいるにはいるが、私はそういう龍ではない。弱い龍なのだ」

弱々しくうつむいて、はにかむように笑ってみせたが——すべてにおいて弱い龍が企てる計画ではないと翠蘭は思う。

——星が流れたとか皓皓党が立ったとか皇后が身重になったとか、そういうすべてを機運と称して、全部を巻き取って、一気呵成に物事に決着をつけて、妃嬪たちにも場合によっては他人を傷つける痛みを覚悟させ、なにもかもを壊してみせると言い張る龍の、どこが弱いっていうのよ。

義宗帝は「いざとなったら、神剣で自分を貫け」と言い張る龍だ。その「いざ」のときの痛みを覚悟しろと翠蘭に命じる龍なのである。

しかし反論は腹の内側にじっと留めておくことにした。

言い返したところで、やると決めたらやるのだ。それに、もうなにもかもが、はじまってしまっているのだ。引き返すことはできない。

「私は龍の末裔であり、いまを生きる弱い龍である。争いになる前の政治と互いの背後に立つ者同士の力関係、財と経済の流れを読み取り、つないでおくことの大切さを知っている。偽白書を読むに、華封が夏往国に敗北したとき、惜帝は、国同士の力関係の読みを間違った。経済と、我が国の航路と陸路と商船が持つ力をあなどった。龍の力を持たないことより、国家間の関係性と商人の力をあなどったことが敗北をもたらしたのだと私は思っている。その轍《てつ》は踏まぬ」

言いきった彼の横顔は、いつも通りに柔らかく儚い美貌であった。けれどその目だけは燃え上がるような強い輝きを帯びていた。

そのとき——。

唐突に地面が揺れ、激しい爆発音が響き渡った。

翠蘭と義宗帝は、はっとして顔を見合わせる。

黒煙がごつごつとした岩石に似た形で空に向かってせり上がる。渦を巻きながら、地上の石や土を巻き上げて、膨らんだ煙のたもとにあるのは燃え上がる炎だ。

「陛下」

呼び止めるまもなく、義宗帝の馬はすでに駆けだしていた。

「そなたらはそこで待て」

と言い置いていったのだが、翠蘭たちはその言葉を無視して後に続いた。

馬蹄が石を蹴り上げ乾いた音をさせて、跳ねた。石は翠蘭たちの進行方向の反対側に転がっていく。ずっと平地に見えていたが、どうやらゆるやかな上り坂だったようだ。進むにつれ、遠くの景色が見渡せるようになる。

噴き上がる黒煙と、空に蓋をした鉛色の雲が重なっている。

湿った強い風が吹いて、翠蘭たちの背中を押した。

なだらかな丘の頂上で、義宗帝が馬の手綱を引いて、足を止めた。それに倣って、翠蘭も頂上で留まる。

「なぜ龍舟が」

義宗帝が低い声で言う。

丘から見下ろした先に、川が流れている。

水面は空を映した灰色で、浅い川の途中にある中洲に積もる砂が、白い。

中洲に乗り上げる形で船が、一艘、停まっている。底の浅い川を航行するには大きすぎる船であるから、座礁《ざしょう》したのであろう。

中洲に船底をつけた大きな船から、小さな龍舟が何艘も放たれる。

灰色と黒と白の光景に、まばらに散っていくのは、爽やかな緑に金と銀の彩色をほどこした龍を象った舟である。

——あれは淑妃さまの龍舟だ。

それは、わかった。

なのに、自分がなにを「見せられて」いるのかが、翠蘭にはわからなかった。

義宗帝も同じであったらしい。彼もまた、手綱を握り、まっすぐに背をのばし、呆然として固まっている。

雄叫びのような声が響いてきた。意味のないひとかたまりの獣の咆吼と聞こえたそれは、よく聞けば「龍天すでに死す。皓皓党が立つべし」と叫んでいるのであった。

川の向こう岸を黒煙混じりの風が曖昧に溶かしている。ひとかたまりの大きな影が横長に広がって——巻き上がった風が解けていくと、影は本来の輪郭をゆっくりと取り戻していった。

向こう岸にいるのは、兵士たちだ。

馬に乗った騎兵たちと、徒歩の兵士たち——皓皓党だ。

手に掲げた白い旗に大書された文字は、風に煽られ、翠蘭からはよく見えない。

「……陛下」

翠蘭は押し殺した声でうめくようにして呼びかけた。

「皓皓党だ。それは、いい。しかし、どうして淑妃の龍舟がここにある。あれに守れと告げた川はここではないのに。だいいちここは——この川は浅い。あの船では」

石が積み重なった川縁のこちら岸にはなにもない。

皓皓党の一群は中洲を目がけて川を渡っている。船から放たれた龍舟が、川を泳ぐ兵たちに向けて放たれ、燃え上がる。

また爆発音がして——一艘の龍舟が水しぶきをあげて炎が弾けた。

義宗帝はそれまで背後についてきた騎馬兵たちを振り返る。

「紅軍騎兵隊——そこに、なおれ。よいか、自らが動こうと思うな。そなたらがすべきことはすべてをその目で見て、生きて南都に戻り、己が見た真実を人に告げること。それ以上のことを望んではおらぬ。ただ、目撃者であれ。そして、翠蘭」

ふいに名を呼ばれた。

柔らかく、愛おしげに、撫でるような優しい声だった。

「はっ」

「そなただけは、私の側にいておくれ。もし私が正気を失ったときは私を剣で貫くために」

翠蘭を見て、ふわりと笑う。

やはり、と翠蘭は思った。そのために自分を連れてきたのか。

——陛下は偽白書にしるされていた龍の力を使い、皓皓党を打ち破るおつもりなのだ。

「笑って言うことじゃないですよ」

「悲しげに言うことでもあるまい？　案ずるな。私は心臓を貫かれた程度で死ぬような龍ではない。水を制御できるのだ。血も、水だ。痛みにさえ耐えれば自身の傷の出血もしばし止めることができる」

誇らしげに言うので、即答した。

「案じますっ」

義宗帝はそれには返事をしなかった。

そのかわり、またがった馬の首をそっと撫で手綱を引き、川辺に——皓皓党の一群に向かってゆるい傾斜を駆け下りた。

5

放たれた龍舟は無人であった。

淑妃が極めた機械仕掛けの龍舟に、長い導火線に火を灯した火薬を入れた壺がくくられたものが、次々と水面を滑っていく。

あちこちで水柱が飛沫《しぶき》をあげて立ち、激しい音をさせて炎が弾ける。

浅瀬に乗り上げた船の甲板――淑妃の横で、水面を凝視していた花蝶が、流れていく兵の亡骸に、えずいてしゃがみ込んだ。

「ついてこなくてもよかったのに」

淑妃が花蝶の背中を撫でると、

「よくない」

と、かたくなに首を振った。

急ごしらえの簡素な男装姿の制服は玉風の手によるものだ。ひとつにくくった髪型は、船に乗ってから、普段、髪を結うことのない妃嬪同士で互いに結い上げた。そのせいなのか、あちこち髪がほつれ、落ちてくる。

川を渡ろうとする皓皓党の兵たちは、火と水に押しやられ、混乱し、倒れていく。

「怯むな。進め！」

「龍天すでに死す！　皓皓党が立つべし！」

怒声が飛び交う。

皓皓党の兵士たちが岸辺で弓を引き絞り、矢を放つ。

空を切った矢が、船の甲板や横腹にぱらぱらと音をさせて降り注ぐ。

身を低くして矢を避けて甲板に座り、淑妃は苦笑する。

「玉風も銀泉もここまでついて来る必要はなかったのよ。陛下に言われた場所で別な船に乗って待っていて、私と宦官たちだけをいかせてくれれば怖い思いもしなかったのに」

義宗帝に命じられたのは、用意された船に乗り、機械仕掛けの龍舟に火薬を積んだものを持ち込み、次の指示を待てというものであった。

――でも皇后さまは、別な指示を私に寄こした。

淑妃もまた龍の末裔と知れ渡ったことで、皓皓党の御旗に淑妃が掲げられることになったのだそうだ。皓皓党は、義宗帝を討ち、淑妃の身柄を捕え、淑妃を玉座に座らせようとしている。そうすることで自分たちは反乱の徒ではなく、正義と共に立ち上がったのだと民にしらしめるつもりなのだ、と。

――私もまた龍の末裔だという情報を皓皓党に流したのは皇后さまなのだけれど。

そして皇后の宦官である春紅が今朝になって船に乗り込み、皇后からのことづけを伝えた。

――万が一のときは義宗帝の盾になって死んで。

橋を落とせば、皓皓党が陸路で川を渡れる土地はここしかないと皇后はわざわざ地図を渡してくれた。この地に皇帝たちが向かう。だからその前に淑妃が辿りつき、皓皓党を火薬を使ってある程度蹴散らして、淑妃を生け捕りにしないと大義がたたない皓皓党に向けて義宗帝の盾になり、死んでくれ。

皇后が大切にしているのはまず義宗帝。次に夏往国。それ以外の妃嬪も宦官も使い捨てだ。

「そんなわけにはいかないですよ。だって、淑妃さまになにかあったら寝覚めが悪いじゃないですか。おえらい妃嬪の皆さんと違って、こっちは浅い川ってのがどの程度なのかもぴんとくるし、この船で川下りをしたら座礁するってことくらいわかってんですよ」

即答したのは銀泉である。

「そうですよ。皇后さまの命は無茶です。座礁して船が乗り上げたら、宦官たちみんなで荷として積み込んだ龍舟を川におろして、漕いで、皓皓党の兵を見つけて、向かえ、なんて……そんなの」

玉風がそこで言いよどみ、

「死ににいくようなものだ」

花蝶が口元を押さえ、青ざめた顔で、玉風が飲み込んだ言葉をかわりにつぶやいた。

「死ぬつもりはないのよ」

淑妃は筒袖の袍の胸元に手を置いて、ささやいた。

淑妃の小さな声を拾い上げ、銀泉が返す。

「でも……死んでもいいと思ってる。生きてもいいけど、死んでもかまわないって」

「え」

思わず聞き返したのは——彼女の指摘が当たっていたからだ。生きてもいいけど、死んでもかまわない。たしかに自分はそんな心持ちで、生きのびてきた。

銀泉が困り顔で笑った。

「不思議と、そういうのはわかるんですよ。妃嬪の皆さんと違う下賤《げせん》の民ってのを舐めてもらっちゃ困ります。口に出さないちょっとした仕草や表情で、勝手にわかっちゃうんですよ。どうでもよさそうに生きてるなあとか、いつ見てもつまらなそうだなあとか、つまらなすぎてそこが死地であっても飛び込んでいっちゃいそうなあやうさがあるなあ、とか」

「しもじもの人間をひとくくりにまとめないでくださいね。私は違いますよ。銀泉さんが、特別なんです。年の功っていうか、お節介っていうか」

玉風が慌てて言い募り、「あたしのことを年増扱いしないでよ」と銀泉がむくれた。

みんなで頭上を行き過ぎる矢が当たらないように船の外板《がいはん》に隠れている最中の会話ではないと淑妃はぼんやりと思う。

──図星だわ。

もちろん無駄に死ぬつもりはない。

盾になる前に交渉をして、自分も、義宗帝も生かす道を探すつもりだった。ぎりぎりまであがいて──でもうまくいかなそうだと見極めたら、皇后の命令通りに相手を蹴散らして、首謀者を抱き込んで自爆をしてもいいかと、ついさっきまで思っていたのだ。

迷っていたことも、決めていたことも、これまでの生き方も、これからの死に方も、すべてを銀泉に見破られていたのか。

──私は銀泉のことを、このなかで、いちばん、取るに足らない相手だと思っていた。でも、その相手が私の心を見透かして、私に寄り添おうとするなんて。

と──。

飛んでくる矢が淑妃の目の前の甲板に音をさせて刺さり、矢羽が震えた。

自分たちが隠れているあいだにも、船を漕いできた宦官たちは龍舟を川面に放っている。

船縁から身を乗りだせば、宦官たちが矢に討たれて倒れている姿を見つけてしまうだろう。

淑妃は身体を縮めて丸くなった。心臓もぎゅっと小さく握りこまれたみたいになって、内側で膨らんだ恐怖に気持ちが押しつぶされてしまいそうだ。

「……無駄に死ぬつもりはないのよ。ただ、私は、死んでいるように生きているのがまっぴらで、自分の力の使い道を試したかっただけよ」

全身のうぶ毛が立ち、肌がざわめき、背筋が冷たくなっていく。

だというのに——なぜだか、おかしくなって笑えてきた。

笑うような状況でないことはわかっている。それでも、零れた笑いを押し止めることができない。

火薬がどれくらい威力を発揮するのかを目の当たりにしてしまったからなのかもしれない。自分の作ったもので人が死んだ。淑妃の作った龍舟と火薬を送りだし、宦官たちも倒れていく。

申し訳ないと思う。そして、もしかしたら自分もあんなふうに死んでしまうかもと思うと、怖気立《おぞけだ》ち、変な笑い声が喉から溢れてくる。

——怖くて、悲しくて、申し訳なくて、だから笑いだす。そんなこともあるのね。

淑妃は笑いながら——泣いていた。

「淑妃……？　どうした？」

花蝶が不安そうに、淑妃の顔を覗き込む。

「ごめんなさい。大丈夫よ。ちょっと……おかしくなったの」

目尻に溜まった涙を拭って、応じる。

「淑妃……泣いているの？」

続いて花蝶がそう聞いた。

黒煙がいつのまにか花蝶の頬を汚し、落ちた涙の跡が白く、筋になっている。

「泣いているのはあなたのほうじゃないの」

——かわいそうに。

ふと過ったその想いが、誰に対して感じた哀れみなのかもわからなくなっていた。自分自身に向けてなのか、花蝶に向けてのものなのか、その両方か。

——後宮で閉じこもって、これ以上、突飛なことも変わったことも経験しないまま死んでいくのだろうと、退屈な毎日を憂いていた自分が、火薬を使って手にした自由は「ここ」なのね。

ああ、と思った。

笑いがおさまって、自分を奮い立たせるついでに、強く思った。

「ねぇ——私はここで死にたくないと、いま、思っているわ。あなたたちのことも死なせたくない。私のせいであなたたちになにかがあったら、私の寝覚めが悪いじゃない」

銀泉が言ってくれたことをそのまま返す。

淑妃は妃嬪たちの顔を順繰りに見比べてから、傍らで無表情でぽつんと座る春紅に視線を向ける。

――春紅は、諦めた顔すらしていない。

絶望も通り越して、なんにもない空っぽの顔をする皇后の密偵として働く小さな宦官は、どこか自分に似ている。

「春紅はどうして私と一緒に船に乗ったの。皇后さまからの伝言だけを置いて帰ればよかったでしょうに」

「奴才はすべてを見届けるようにと皇后さまに申しつけられております。ですから伝言だけを置いて戻ったところで皇后さまは夏往国に帰られる船に奴才を乗せてくださることはないのです」

「そう」

生きるのも死ぬのも皇后まかせ。命じられたことをこなす。かわいそうにと何度も思った。とはいえ春紅と自分のあいだにそれほどの違いはないのだ。淑妃もまた生きるのも死ぬのも義宗帝や皇后や自分を育ててくれた養い親まかせで、己の足で歩くこともできず、荷物のように右から左に居場所を移されてきた。

春紅に向けた同情はいつも諸刃《もろは》の剣《つるぎ》で、淑妃自身の胸を刺す。

――かわいそうなあなたは、どうして、かわいそうな私の蔵から火薬を盗んだの？

他に犯人はいない。皇后の命令ではないだろうと推察できて、火薬の使い道はわからないのだけれど。

いっそ春紅にとっての枷である皇后を殺すつもりで盗んだのだったら清々しいのに。

――昭儀なら違う理由を見つけてくれる。

自分が思ったのと違う理由が欲しかった。自分とどこかが似ているだろう春紅の、火薬窃盗の理由がもっと美しく優しいものであってくれたらと願ってしまった。

だから――淑妃は、蔵で春紅が落としたのだろう紙鳶を懐にしまい、彼の罪を隠したのだ。どうせ昭儀は淑妃が春紅をかくまったとしても、真相にいきつく。あんなにわかりやすい盗難現場はめったにない。彼しか犯人になり得ない条件が揃っていた。

義宗帝もおそらく春紅が犯人だと気づいていたに違いない。

ずっと懐に隠し持っていた布を取りだし、広げる。

白い旗だ。黒く大書されているのは『龍天已死皓皓党当立』の文字である。

「皓皓党の旗よ。事前に聞いて、用意しておいたの。降伏をするときのために」

淑妃の声を聞き、春紅の腰がわずかに浮いた。怪訝そうに目を細め、淑妃がいま告げた言葉の内容を吟味している。

淑妃は、目の前に突き刺さっていた矢を甲板から抜いて、そこに旗をくりつけた。

旗を手に、立ち上がる。

──立てるのよ、私は。

纏足を作りかえ、少しずつ大きくしてきた足である。足の指。足裏。踵。肉と皮を裂き、骨を育て、痛みにうめきながら、鍛えて手に入れた。

甲板の上にしっかりと立つことができるようになったのだ。

弓の射手はまだ、淑妃が振りまわしている旗の文字に気づかないのだろう。顔の横──腕の近くを、矢がひゅっと風を切って飛んでいく。

「あなたたちが欲しがっている淑妃──馮秋華はここにいる」

旗を掲げ、淑妃は叫び、船の舳先《へさき》に向かって走りだす。

──走れるのよ、いまの私は。

長い距離は無理としても、自分の足で駆けだすことができるようになった。漆黒の煙がたなびく空を見上げ、旗を振り、叫ぶ淑妃の胸がすっと晴れていく。冷たかった肌に熱が戻り、かじかんでいた心臓に血が巡り、脈打ちだす。

「私が龍の末裔であるというのなら──私の龍体にそなたらが傷をつけることなど、不可能。矢はすべて私を避けて左右に分かれる。この通りに！」

そんなのははったりだ。

──でも、私は必要とあれば嘘をつけるの。はったりも言える。

ここが命の使い時。ここで潰えたらそれきりでかまわない。いつでも死ぬ準備をして生きてきた。そういう人生だったのだ。

船の舳先によじのぼり、旗を翻すと、矢が止んだ。

「私こそが龍の末裔であると言い立てた者どもよ、ここに来い。この私を御旗として掲げようとするのなら相応の覚悟が必要だと思い知れ‼　黙って御旗になる龍がいると思うな。命を賭けて手に入れよ。私は今上帝とは違う。静かに、鎖につながれることを善しとしない荒ぶる龍である」

どこまでこの声が届くのか。

――どこまでも！　どこまでも、よ‼

だますのは得意。

郭将軍のことは顔も覚えていないが、皇后に命じられたことを果たして――この賭けに勝利したら自由と華封の国をもらうつもりだ。

その準備は、できている。

＊

川に浮かぶ龍舟が火で弾け、水柱が立つ。黒煙があちこちできのこのような形で盛り上がり、きな臭い風が鼻先をかすめる。

皓皓党の兵士たちは混乱し、次々と倒れていく。皓皓党の指揮官とおぼしき声が兵士たちを鼓舞していたが、その声もまた爆発音と矢の雨にかき消されてしまう。

水は次第に赤く染まり、戦場は混沌とした様相を呈していた。

皓皓党の兵たちは、目の前の龍舟に対応するので精一杯で、騎馬で駆け下りた義宗帝と翠蘭にはまだ気づいていないようだった。

「昭儀。そなたに剣を返す」

「はあ?」

聞き返したが、どうでもいいものを手放すように、隣に並んだ馬の上で神剣を腰から外し鞘ごと翠蘭に放つ。地面に落としてはならぬと、必死になって神剣を受け取って腰に下げる。体勢を立て直し「陛下っ、なんでまた急に」と文句を言ったら、

「万が一、私が正気を失ったときはそれで心臓を貫け。いざというとき、そなたの身体は勝手に動く。守るべきものをそなたは違えない。私はそなたを信じる。そなたも私のことを信じて欲しい。——神剣を鞘から抜いて掲げよ」

馬を駆って、義宗帝が鋭く告げた。異を唱えることを許さない、芯の通った響きであった。

「はっ」

翠蘭は下げていた神剣に手をかけ大きな動きで鞘から抜いた。見知った剣の重みとともま

た違う負荷を腕と肩に感じる。

ふわりと身体が宙に浮いた気がした。

龍の霊廟に立ち入ったときと同じ奇妙な感覚に似ていた。ぐらりと揺れかけた身体に慌て、下半身に力を溜め、馬の背から落ちないよう均衡を取り戻す。

瞬きをして顔を上げた翠蘭が見ている光景が――一変した。

空は錆びた灰色で、重く垂れこめる雲を映した川面も暗い。雲を千切ったかのような霧が周囲をまだらに染め、どこまでが川で、どこからが空かがわからない。

少し先を駆けているはずの義宗帝の背中も乳白色の霧に覆われ、よく見えない。大きなひとかたまりの影を、あれが義宗帝だと見定めて追いかける。

「…………っ、陛下？」

目をこらし、その姿を捜す。さっきまでちゃんと見えていたのに、突然、霧が立ちこめるなどということがあるのだろうか。

霧のなかにときおり、龍舟が燃えたのだろう紅蓮の炎が巻き上がり、ぽっ、と明るくあたりを照らす。

翠蘭が掲げていた剣の刃が炎を反射し朱色にひかって霧を裂いた。

目の前を走る義宗帝の姿がぼんやりと照らされ、現れる。

「昭儀、見えたか？」

「いえ、あまりよく見えていませんが……」

と応じた翠蘭は、次の瞬間に、そうだった、と思う。

神剣を佩刀したときだけは幽鬼が見える。

霧に見えたのは、幽鬼たちの群れであった。

——これは、見えているのだろうか。見ていいのだろうか。見るべきものなのだろうか。

ぼんやりと佇む人の姿を持った、実体のない者どもが、生前に果たせなかった想いを遂げるためにこの世を徘徊し、同じ動きをくり返しては解けていく。

川面に薄暗い影が揺れ動き、影となった幽鬼たちがのたうっている。

「幽鬼が……見えます」

「見えたのだな。それでこそ我が剣。神剣に選ばれた妃嬪である。——華封には、常にいるのだ。いつ亡くなったとも知れぬ、幽鬼の軍たちがいまだに戦っている。川のなかで、川縁で、中洲で——私の目には幽鬼も生きている人も同じに見える。途方もなく……そう、途方もなくたくさんの幽鬼たちが……」

川に浮かんでいるあれは、現実で流れていく亡骸か。それとも幽鬼か。

翠蘭が乗る馬に向かって挑んで蹴散らされた兵は幽鬼なのか。生きた皓皓党か。

「この国も後宮も呪われている。呪いが幽鬼を大地につなぎ止めているというのなら、私の龍の力で、これを機にすべてを祓う。この場所こそがすべてにふさわしい土地だ」

赤い血を水に溶かして流れる亡骸に、幽鬼たちが、ゆらゆらと手をのばす。

泥と血が混じり合った中洲に倒れる宦官を幽鬼たちが踏みつけて跳ぶ。

灰色と乳白色の光景にときおり滴る血の赤と弾ける炎。爆発する音と波しぶき。ひゅっと音をさせて自分の横を矢がかすめていった。

なにもかもが悪夢とも現《うつつ》ともつかぬ不可思議な光景であった。

影となって虚ろに踊って見えるのは、皓皓党なのか幽鬼なのか。

——陛下はこんな光景を見て生きてきたのか。

異界が現世に溢れだしているのだと思った。足もとから立ち上るのは湿った水と血の臭いだった。夏だというのに風は冷たく、まとわりつく霧には幽鬼たちの想いと魂魄が混じり合っているのか、肌が粟立ち、凍えそうなくらい寒い。

かつての戦場。亡《な》くなった人びとの想い。いまだどこにもいきつけない幽鬼たちの群れは、自分の肉体が朽ちたことも忘れ、地につながれて戦い続けている。

——この国は呪われていると陛下はおっしゃったが、呪われているのは華封だけか？

人は、どの国であっても、生まれ、そして死ぬ。華封でも、華封以外でも。あらゆる国で、あらゆる時代で、人は生まれ、想いを残し、死んでいく。幽鬼が見えるという義宗帝がずっとひとりで抱えていたものは、こんなにも寂しく、無情な光景だったのか。

——これが陛下の見てきた世界なの？　だとしたら陛下が抱えてきたものは、なんと寂しく、痛々しいものだったのでしょう。

ひとつ息を呑み、翠蘭は目を凝らし、前を向いた。

死んだ幽鬼と、生きて戦う兵のなか――自分の目の前で馬を駆る義宗帝だけがたったひとつの輝く現実だった。

この世界の呪いをすべて祓おうと願う義宗帝の、強い想いを自分は支えたい。

握りしめた神剣の固さと重さにすべてを委ねる。

「私を信じろ」

義宗帝が背中で言った。

「はっ」

風が吹く。

飛び交っていた矢の音が、消えた。

皓皓党の旗が甲板の上を風に煽られて移動している。

「陛下っ。皓皓党が船に」

翠蘭は馬の腹を太ももでぎゅっと絞って早駆けの合図をする。義宗帝を追い越して一気に駆け、中洲に辿りつく。

馬から飛び降り、船から垂らされた縄を伝ってよじのぼる。

気づけば――中洲に座礁した船の舳先に、皓皓党の旗を掲げて、ひとりの妃嬪が立っている。

黒絹の髪を結い上げてひとつにまとめ、簡素な衣服に身を包んでいるが、遠目でも彼女が美しいことは伝わった。

——淑妃さま。

その手に掲げられているのは皓皓党の旗だ。

翠蘭が見た旗は、皓皓党の誰かが持っていたものではなく淑妃が手にしていたものだったのだと気づくには少しだけ時間がかかった。

淑妃は走れるようになったのだ。そして舳先によじのぼったのだ。

淑妃は、船の舳先の、危うい場所に、しっかりと自分の足で立っている。

しんとあたりが静まり返った。

「私こそが龍の末裔であると言い立てた者どもよ、ここに来い。この私を御旗として掲げようとするのなら相応の覚悟が必要だと思い知れ‼　黙って御旗になる龍がいると思うな。命を賭けて手に入れよ。私は今上帝とは違う。静かに、鎖につながれることを善しとしない荒ぶる龍である」

淑妃の声が響いた。

刹那《せつな》——。

川の水が急に巻き上がり、水しぶきを纏わせて、一体の龍が姿を現した。

青銅色の胴体に張りついた鱗の一枚一枚が鈍色にひかっている。するすると背をのばした姿は大きく、尾をひとつ叩きつけると、船が揺れた。地が揺れた。川が揺れた。

水が溢れ、弾けて、空に飛んだ。

舳先に立った淑妃が転倒し、翠蘭は慌てて走り込み、片手で彼女を受け止める。もう片方の手で甲板に神剣を突き刺した。斜めに傾いだ船から落とされないように、神剣を支えにしがみつく。大きく傾いだように感じられたが、振り落とされるほどの揺れではなく、抱えた淑妃を引き寄せて、しゃがみ込み、揺れに耐える。

空と大地が互いの場を交換しようとするかのように、すべてが揺れた。

川の水が空に舞い、舞った飛沫が飛礫《つぶて》となって降ってくる。どこが上で、どこが下かもわからない。見上げていたはずの雲が水に覆われ川と空が覆った。

——龍の乙女は深き悲しみに囚われて龍体と化し水を天に返した。星ぼしも月も水に覆われ地と天が覆った——

偽白書の一文が脳裏に蘇る。

——そうか。龍が出現するというのは、こういうことなのか。

ぐらつく振動が収まった。

翠蘭は、片手に淑妃を抱えた姿勢で、水から現れ空に飛翔しようとする龍を見上げた。

金色に瞬く双眸。髭と爪は真珠の色。

龍は、巨大であった。そして美しかった。

ただそこにいるだけで、畏敬と驚嘆の念を誘う、この世の理《ことわり》から外れた異形であった。

龍が尾を揺らすと川に波が立つ。皓皓党の兵士たちがなにかを叫びながら逃げ惑う。幽鬼たちが形を失い、霧になる。

龍の尾が慰撫するかのような優しさで、さっとあたりを払ってのけた。押された船は中洲から川に戻り、水面に浮かぶ。

慎ましやかな龍の一打が、次は、船に進行とは逆の川に向けて払われる。龍の尾を受けて、人の形であった幽鬼が細かな銀の粒のかたまりに変じる。輪郭が滲み、解け、すべては銀と金の輝きとなり螺旋《らせん》を描いて何処かに消えていく。

龍の尾が一閃する度に、幽鬼の群れが、わだかまりであった乳白色の霧が、薔薇の花びらが散るように、撒き散らされて、川の奥に——地の果てに——解けて、沈む。

——幽鬼が、祓われていく。

霧が解け、ゆっくりと露わになっていく現実世界を彩るものは、曇天と、それを映した川面と、壊れた龍舟と、倒れた兵士と、流された血だ。

淑妃がよろよろと甲板に立つ。

龍が淑妃を、見た。金色の双眸はあきらかに淑妃を認め、縦長の虹彩がぱっと瞬き――

淑妃はというと、呆然としている。

翠蘭もまた、淑妃の横で彼女と同じに呆然として、美しい龍を見た。

尖った牙が口の端から覗いている。上げた前足の爪は大きく、鋭い。

風が吹き、雲が流れ、日が差し込む。

淡くひかる日が龍の鱗を照らした。青くひかる鱗が波打つように捻《ねじ》れ、擦れあうさまは、美しくもおぞましい。

「龍だ。龍だぞ」

つんざく悲鳴が聞こえ、我に返った皓皓党の兵たちが逃げ惑う。向こう岸で皓皓党の旗を抱えていた兵が、旗を取り落とし、尻餅をついている。

「怯むな。矢をつがえよ！　打て‼」

鼓舞し、命令をくだしているのは郭将軍なのだろうか。

放たれた矢が、龍の胴体に当たる。固い鱗が矢をはじき返し、矢はぱらぱらと落ちていく。が、鱗と鱗のあいだにめり込んだ矢尻は、龍の肉を突き刺したようである。身じろいで、刺さった矢を引き抜くと、鱗のあいだからどす黒い血が溢れだす。

龍は、矢が放たれた側に目を向け、咆吼した。

地響きがするような、獰猛《どうもう》な声であった。

龍はするすると身体を滑らせて、叫んだ兵をその胴体で押しつぶす。足で踏み、尾で払いのける。龍の動きに連動し、川の水が上下に揺れる。浅かったはずの川が増水し、勢いが増していく。底をついていた船がふわりと浮かぶ。飲み込まれた兵たちは悲鳴をあげる暇もなく川の底に姿を消した。

そうして龍は、咆吼しながら、船を振り返ったのだ。

翠蘭にしがみつく淑妃を——尻餅をついて龍を見上げる玉風や銀泉、花蝶を——赤色の目が一瞥した。

血に飢えた獣に似た獰猛さ。

——正気を失いし赤く染まる瞳の乙女を——

翠蘭は血の赤に染まった龍の目を見た。

金色ではなく、血の赤の目を。

赤い目をした龍は、前足を船首にかけ、爪でもぎ取る。巨大な口を開くと、真っ赤な口腔と大きな尖った牙がひかる。

あらがえずに翠蘭の身体を動かしてしまう類いの、殺気が、あった。

「怯むな‼」

「陛下っ」

翠蘭は我知らず、龍に対して呼びかけていた。

けれど龍は真紅の目で翠蘭を睨みつけ——その鋭い爪を翠蘭に向けた。

——私は、いざというときになれば身体が動く。

義宗帝はそんな自分を信頼していた。信じていると。

義宗帝は翠蘭に神剣を託した。翠蘭は守るべきものを違えない。いまここに、この船にいるのは淑妃であり——義宗帝が大切に庇護《しさ》しようとした妃嬪たちと宦官だ。

のびてきた爪とその前足を避けて飛び退り、淑妃から手を離した翠蘭は、神剣を身構え走りだす。こちらを殺そうとして立ち向かってくる獰猛な獣に山で出会ったときと同じだ。やらなければ、やられる。

どうしてだろう。その瞬間、翠蘭の感情は揺らがなかった。頭も動かなかった。目の前にいる獣と自分だけだった。龍の咆吼は、まるで神剣を呼び寄せてでもいるかのようであった。

翠蘭は、翠蘭ではなく神剣の、一部でしかなかった。

翠蘭は、船縁にかかった鱗に覆われた前足に飛び乗って、龍の胴体に向かい駆けていく。

ごつごつとした岩に似た鱗を足の裏に感じ、跳んだ。

生き物ならば、心臓の位置はだいたい決まっている。胸であろう箇所を目がけ、鱗と鱗のあいだに神剣をねじ込んで、一気に貫く。

鱗が一枚、剝がれて、落ちた。

肉を裂く重みが柄を握る腕に伝わる。

龍は稲妻のように轟く咆哮をあげた。

貫いたときに、翠蘭はやっと我に返った。衝動だけで走った自分は、神剣にとりつかれていたかのようだった。

しかもその神剣の、なんと頼りないことか。

神剣は翠蘭の手には重たく、大きい。が、龍の胴体に刺さった神剣は、玩具と見えるほどに軽く、小さく、刃も細い。

こんなもので龍を倒すことができるのか。失った正気を呼び戻すことができるのか。不確かな偽白書の伝承を信じて龍を貫いてよかったのか。

貫いてから、怖さと不安で腕が震えた。これが間違いだったらどうしよう。動いてしまったあとで、自分の身体中の血が音をたてて逆流していくのがわかる。

もう後戻りはできない。

できないのだ。

神剣を刺した龍の身体が——ぶるりと震えた。開いた口からだらりと舌が垂れ、四肢は力を失い、どうっと倒れ込む。のしかかってくる巨軀を覚悟し、神剣の柄を握りしめた翠蘭の目の前で、龍であったものがしゅるしゅると形を変えていった。
小さくなっていく。
鱗が剝げ落ちる。真珠の色の髭がしおれて抜ける。
真紅の目は閉じられ、頭の輪郭も変わる。
龍の姿が、人になる。
四肢も縮み、人の手と足に。鋭い爪は、人の爪に。尖った牙は、人の歯に。
——龍が、陛下の姿に。
義宗帝は船の縁の上に立ち、いままさに背中から川面に落ちようとしていて——そして
その胸を貫いているのは神剣である。
義宗帝と対面し、翠蘭が握っているのは神剣の柄だ。
「うわああああああああ」
翠蘭の口から絶叫が迸る。

——正気を失いし赤く染まる瞳の乙女を救わんと贄は剣を携えて彼女の心臓を貫き給う。
かくして龍の乙女は水底に沈み——

偽白書の文章が脳裏を過る。

義宗帝が何度か口にした人相見の予言の言葉も。それを発したときの義宗帝の諦観の表情を思いだす。美しくて儚げな微笑みと乾いた冷たい双眸。翠蘭は何度も彼の言葉を否定した。そんな未来は嫌だと言ったし、自分はあなたを貫かない、守ると——。

守りたいと——。

——あなたはいつか得がたい剣を手に入れる。

そこからはじめてあなた自身の人生がはじまる。

ひとつの国を滅ぼし、ひとつの国を救う。

あなたの剣はあなたを救うが、最後にあなたを貫くのも、また、その剣だ——

人の姿を取り戻した義宗帝は水に落ちていく間際、一瞬だけ、翠蘭を見た。

正気を取り戻した義宗帝はいつもの美しく儚い微笑を頰に浮かべ、とん、と、翠蘭の胸を軽く押した。

——案ずるな。

義宗帝はたしかにそう言った。

翠蘭の身体を船のなかに押し戻し、自分は水の底に背中から落ちていく。

その腕をつかもうと手をのばしたのに、義宗帝はそれを振り払った。ざぶんと大きな音をさせて川面が波打ち、そのまま義宗帝の姿は見えなくなった。

6

——義宗帝、死す。


春紅は落ちた鱗を手に、後宮に戻り、自分が見たすべてを皇后に伝えた。

「陛下は本物の龍でございました。しかも奴才が乗っていた船よりも大きな龍だったのです。龍は皓皓党を全滅させせました。にわかには信じられないことかと思いますが、奴才はこの目でしかと見ました、これが龍の鱗でございます」

皇后は水晶宮の部屋で肘掛け椅子に座り、苛々とした仕草ではめていた指輪をくるくるとまわす。傍らの小卓に読みかけの書物が何冊か積まれている。

人払いをされ、ここにいるのは、皇后と春紅のふたりだけだ。

「陛下は正しく龍の末裔であったのか。なるほど。そなたの持つそれをこちらに」

春紅が皇后の許可を得て、躙《にじ》り寄り、うやうやしく鱗を渡す。

鱗は青銅色で赤子の頭くらいの大きさだった。断面にこびりついた血は、乾いて、どす黒く固まっている。

皇后は、紅玉の石の指輪をはめた指で、鱗を受け取り、膝に載せた。青銅色の鱗を静かになぞり、血の汚れに眉をわずかにひそめる。

目を閉じた皇后の顔は疲労の影が濃い。

「……そなた以外の者からも同じ報告を受けている。昭儀に、才人の玉風、淑妃に貴妃。陛下が連れていった紅軍の騎馬隊の者たちに、船に乗った他の宦官たち——全員が同じことを言っている。偽白書という、陛下と玉風がふたりでずっと隠して調べていた史書の写しが玉風から提出された」

龍が現れ、皓皓党を蹴散らし、それだけではなく淑妃をはじめ紅軍の妃嬪宦官たちも手にかけようとしたところを昭儀が神剣を構え立ち向かい、心臓を貫いた。

神剣に貫かれた龍は見る間に形をかえ義宗帝の姿になり、川に落ちた。

義宗帝が龍になったその瞬間を目撃したものはいなかったが、気づけば義宗帝の乗っていた馬は自力で、一頭で、後宮に辿りつき、義宗帝は戻らない。

「春紅……なぜ鱗を持ち帰った」

皇后が静かに問う。

「龍がいた証として持ち帰るべきだと思ったからでございます。皇后さまは夏往国に戻られる。その前にこちらをお渡しすることが奴才の役目だと思いました」

皇后は、今日、夏往国に船出をしなくてはならない。あまりの出来事に、その出立の時刻を遅らせ、宦官だけでは足りず南都で船乗りの男たちを雇って、川に潜らせ、義宗帝の身体を捜させていると聞いている。

しかしいつまでたっても義宗帝の身体は見つからない。

――本当ならば、皇后さまは御自らが捜索の指揮にあたりたいのだろうけれど。

身重の身体で無理をしてはならないことを本人が自覚している。

「偽白書だけなら眉唾《まゆつば》だが、鱗もあるのなら、どうしようもない。証になるものが見つかってしまった以上、すぐに出立し夏往国に私の口から伝えなければなるまいよ。義宗帝は正しく龍の末裔であった、と」

皇后は鱗を椅子の傍らにある小卓に置いた。大きく丸くなった腹を撫で、気怠げに身体を斜めにする。

「頭を上げよ」

「はい」

春紅はおずおずと顔を上げた。

皇后の浮かべている表情は奇妙なものであった。杖刑を受けたときの宦官に似た、痛みに耐えかねて泣きだす寸前の、歪んだ顔。

「ところで、昭儀と淑妃が、褒美として、そなたを夏往国に共に連れ帰るようにと熱心に言ってきた。陛下の側にいながら、陛下を川に沈めた妃嬪に意見されるのも片腹痛いが――龍がたしかにこの国にいたのだとすると、その報告のために、私は夏往国に戻らねばならぬ。そして龍の子を――この子を無事に産み、育てねばならぬ」

皇后は顔を歪めたが、泣きだすことはなかった。わめきだしもしなかった。その手前で感情を止め、ひとつだけ息を吐き、小卓の上の鱗と書物を見てから、春紅に視線を戻した。

「春紅は私に忠実だ。得難い宦官である。私に忠誠を誓う者は少ないのだよ」

「そんなことはございません」

淡々と返す。皇后にはみんなが忠誠を誓っている。皇后は後宮の絶対者だ。

「ある。ないわけがないのだ。愚か者。――近くに」

手招きされ、春紅は少しずつ皇后の側に躙り寄る。皇后はじりじりと進む春紅に焦《じ》れたようにして、腕をのばし、春紅の身体を巻き取った。椅子に座る皇后に抱きかかえられ、春紅は皇后にもたれかかってその大きなお腹に耳をつける形で、床に膝をつく。

「みんな私を怖れているだけだ。私に忠誠を誓うのは、おまえだけだと思ったのだ。私の留守を守ってくれることができるのは、春紅――おまえくらいだった。だからこの後宮に残そうと思った。見捨てたわけではないんだよ？　信じているから、私が夏往国にいるあいだ、おまえに水晶宮と後宮を預けておきたかった」

甘い声だった。

皇后は冷酷で無慈悲だが、こんなふうに激情的な優しさを示してくれることもあるのだ。いつもは、厳しい皇后が、ときおりこうやって甘い蜜を吸わせてくれる。その甘美さは他にかえがたい。

「もったいない……お言葉です」

春紅の胸が、じわりと、蕩けるような、あたたかい感情に浸される。皇后は春紅の顔に手を添え、横向きになっていた顔を優しく持ち上げた。

赤い髪に縁取られた白皙《はくせき》の美しい顔が、すぐ目の前だ。

「おまえには、持って生まれた、けなげさがある」

「けなげ……でございますか？」

「どこまでたっても育たぬ身体と、いつまでも幼子のような顔があいまって、なにかを熱心にする様子が、いじらしく見える。おまえが私にふさわしくあろうと努力をしてきた様子を私はきちんと見ていたのだよ」

頬を指でなぞり、皇后がささやいた。腹を撫でていた指であった。鱗を撫でていた指であった。同じように愛しげに、春紅の頬をくすぐるように撫でる。

——だから愛おしい。大好きな皇后さま。

春紅にとって皇后が自分にくれるものが、愛であった。歪《いびつ》なことなど、知っている。けれど理屈が通ろうが、通るまいが、理不尽であろうが、あるまいが——春紅の心をこじ開けられるのは皇后だけなのだ。仕方ない。

小さなうちに躾けられ、心にこの形の穴を開けられた。鍵穴と鍵のようなものだ。春紅の心臓の欠けた部分にはまるのは、皇后の激情と恩情という鍵だけだ。解錠と施錠もまた、皇后だけができるものだった。

――だから、恋い慕う。それでいいじゃないか。もうずっと、僕は、皇后さまの側にいたいんだ。

「おまえは考え方も立ち居振る舞いも、はしばしが私に似てきた。宦官にしては美しい所作を身につけているし、賢いし、度胸もあるし、きちんと冷酷だ。おまえは自分のためになら、愛しい者も傷つけることができるあくどさを持っている。そういうのは才能だ。あくどさというのは、得ようとしても、人によっては得られない才能なんだ。そのうえで、おまえは、私の持たぬ、いじらしさを持っている」

「そのようなことを奴才におっしゃってくださるのは皇后さまだけでございます……」

「昭儀もおまえを認めていたよ。春紅を夏往国に連れていってやってほしいが、もしも春紅が後宮に残るのなら水月宮に迎え入れたい。あるいは淑妃の明鏡宮に、と」

春紅は慌てて大きな声で懇願した。

「いきませんっ。奴才は皇后さまのお側にいたいのです」

「そういうところが、けなげだというのだ。気まぐれに痛めつけても私を慕う愛らしい子犬だね」

皇后は春紅の身体を押し返す。春紅は皇后から離れ、よろよろと後ずさった。

「──わかったよ、夏往国に連れていこう。龍の鱗を持ち帰ったおまえの報告を、夏往国も聞きたがることだろうから。陛下が龍であるというのなら、私は、帰らねばならぬ」

不思議な気持ちで春紅は皇后の言葉を聞いた。

皇后は義宗帝を誰よりも恋うていた。冷徹な彼女が唯一、真心を見せていたのが義宗帝だった。なのに義宗帝の死を彼女はこんなふうにあっさりと認めてしまうのか。亡骸もないというのに。

「どうにもならないことだ。陛下がいなくなれば私はもう戻ってこない。おまえをひとり華封に残すのは、不憫《ふびん》だ。私だとてその程度の恩情を持ち合わせているよ」

静かな声だった。

春紅は上目遣いで皇后を見る。

「陛下の死をもってこの後宮は解き放たれる。実際に死んだかどうかは別として、公式に陛下は死んだことになった。龍になった皇帝の存在を、夏往国は、認めない。夏往国は自分たちの命令通りにふるまえる次代の龍を選び、華封国に押し込むだろう。早急に」

皇后は己の腹をただひたすら撫でている。まるく、柔らかく。

おそらく皇后は、身ごもっていなければ、理由をつけて華封国に残ったのだろう。が、身重になって、胎動を感じられるようになり、皇后の愛は、義宗帝ではなく、お腹の子にうつってしまったのかもしれない。

——皇后さまは、そういうお方だ。愛に順位をつける方だから。

「次の皇后は、私ではない。ならば——私は夏往で、この子を無事に産み、育てなくては。陛下がいなくても私にはこの子が、いる。忠義者の春紅。夏往国でも私を支えておくれ」

美しい人だと、春紅は思った。苛烈で、冷酷で、だから誇らしい。あんなにも愛していた義宗帝のことも、彼女は最後にこうやってあっさりと見捨てる。次の龍を身ごもって、それを我が身の糧にして——旅立って、もう二度とここには戻ってこないのだ。

「はいっ」

「今日のうちに船を出す。旅支度は手早くすませなさい」

話は終わったと、ひらひらと手を振って、そっぽを向いた。出ていけの合図だ。春紅は拱手して、部屋を後にした。

半刻後、春紅は盗んだ火薬の壺を袋に入れて水月宮を訪れた。雪英を呼びだし、ふたりきりで話したいと頼み、袋から壺を取りだして渡す。

「これはなあに？」

ひと抱えある壺を見て雪英が胡乱《うろん》そうに首を傾げる。

「火薬の壺。淑妃さまの蔵から僕が盗んだんだ」

「えっ。なんでそんなこと」

雪英は持っていた壺を取り落としそうになる。こういうところが雪英は頼りないんだと、春紅はため息を漏らし、壺を支えた。

「昭儀はたぶん僕がこれを盗んだことを知っていたよ。淑妃も、もしかしたら陛下も気づいていたんじゃあないかな」

しれっとして、ささやく。

「隠したまま後宮を出てくこともできたんだ。どういう理由なのか、昭儀は火薬を盗んだ犯人が誰かを探っていたけど、盗んだ火薬の在処《ありか》は捜してなかったから、このままどこかに置いていっても別にいいかなって。でも、昭儀が、僕を夏往国に連れていってくれって皇后さまにお願いしてくれたって、皇后さまから聞いたから、置いていってあげる」

春紅がどうということもないような、なにげない言い方で続けると、雪英がまなじりをつり上げる。

「なんで盗んだんだよ。こんな……こんな怖ろしいものを」

火薬の壺を触っているだけで手が燃え落ちてしまいかねないというような様子だった。

皓皓党との戦いを雪英は見ていない。戦えないからと明明と共に留守番をまかされたのだ。

でも、火薬を積んだ龍舟がどんなふうに爆発し燃えたのかを、戻ってきた妃嬪と宦官たちが言い立てていたから、威力を知っている。

「皇后さまの船の出立を遅らせるのに火薬を使おうと思ったんだ。渡し場の橋を壊してふさいだら、橋が直るまで船は出ない。そのあいだに皇后さまのお気が変わって僕を連れていってくださるかもしれないし……気が変わらなかったとしても、次には別の方法で皇后さまの邪魔をしてとにかく華封国の外に出られないようにしたらって」

ひとりで留守をまかされるのはやりきれなくてと、うつむき、雪英が無言になった。

「でも、皇后さまは僕を夏往国に連れていってくださるとおっしゃった。だったら、火薬はもういらないから、返す。昭儀にそう言って、渡して。ただし、僕たちの船が出て、いなくなってからね」

「そんなこと言われても……」

「じゃあ、どんなことだったら言っていいのさ。あのさ、僕は、雪英のために昭儀を守ったんだ。いいかい、昭儀は龍の正体が、陛下だって知っていて神剣を刺したんだよ。僕、側でちゃんと聞いたもの」

春紅は皓皓党との戦いの場で、己が見たものを雪英に正直に話した。

落ちていた鱗を持ち帰り皇后に渡した。

ただし、ひとつだけ隠したことがある。龍に神剣を突き刺したそのときに、翠蘭が「陛下」と呼びかけたことは、あえて秘した。

「僕は、皇后さまに、それだけは言わなかった。龍が陛下だと知って刺したのと、知らないで刺したのとでは、皇后さまのお気持ちが違うと思ったから。それを言ったら、皇后さまは昭儀をただで置いて、夏往国に向かいやしない。そういうのは、わかってる。皇后さまが長く華封にいたら、他の宦官が、あのときの昭儀のひとことを伝えてしまうかもしれない。その前に僕たちは夏往国にいかなくちゃ。わかるよね？」

雪英の顔を下から覗き込み、小声で告げる。すっとのびた背筋に、大人びていく顔立ちという雪英のすべてがずっと少し憎かったけれど、今日、いまに限っては、愛おしい。

——僕は、けなげなんだ。細くて、小さくて、育たないから。

だったらそれでいい。

それを武器にしてこの先も生きのびる。

雪英の目が涙で潤んでいる。つるりと滴が頰を伝い、顎から垂れて、落ちる。

「翠蘭娘娘をかばってくれたの？　それで早くに華封国を出ていってしまうの？」

震える声に、胸がチクリと痛む。けなげというのなら、自分より雪英のほうだと思う。

昔からずっと。雪英のこのいじらしさを春紅は近くで見てきて、慈しんでいて、だから、自分でも、なぞった。

——雪英は僕のなかの綺麗なものを、知ってくれていたね。

かじかんだ手で互いを撫でさすりあい、抱きあって眠った寒い夜の空気を、一瞬だけ思いだす。

「違う。別に昭儀をかばったわけじゃない。ただ、昭儀になにかあったら雪英が悲しむから。それに、早く出ていきたかったから、ついで」

「ありがとう」

鼻を赤くして雪英がぐずぐずと言うから、春紅は笑顔で返した。

「どういたしまして」

かつて、自分たちはとても似ていた。

そして、いまはもう——似ていない。

きっと僕たちは二度と会えない。

「さようなら。元気でね。雪英」

春紅は背を向け、部屋を出た。

＊

南都は義宗帝の喪に服した。

そのせいで、皇后の出立は寂しいものとなった。見送る者は多いが、楽隊もなく、花も撒かれない。皇后の乗った駕籠は粛々と船に運ばれ、春紅をはじめ、皇后が選んだ宦官たちが十名ほど彼女の世話をする役目を負って付き従っただけである。

それでも淑妃や花蝶が後宮の門の外に出て皇后の船を見送った。

「皇后さまは、昭儀の顔だけは見たくないって言ってたわ。あなたは一生、皇后さまに恨まれる。陛下をみすみす殺したという罪で」

というのを——翠蘭は、皇后の船が出て、後宮に戻ってきた淑妃から伝え聞いた。

「はい。わかっております」

話を聞いているのは水月宮の餐房である。

喪に服していようと、皇后が去ろうと、後宮が解散されようと、日常というのは続くのだ。水月宮は変わりなく、例によって明明が作った美味しい料理の皿を並べ、雪英と翠蘭に、玉風に銀泉、花蝶、淑妃、梁太監《りようたいかん》——そして、義宗帝が椅子に座って円卓を囲っている。

梁太監は、義宗帝の信頼を得た宦官の長である。

「陛下、生きてるのにね。昭儀は恨まれ損だわ」

淑妃が卓に肘をつき、微笑んだ。

「……はい」

うなずく翠蘭の隣で義宗帝がもぐもぐと明明の作った料理を咀嚼している。ごちそうを山ほど口に入れた愛玩動物みたいに、頬をふくらませ、うっとりとした顔をしている。

「死んでよかった。二度死ぬことは怖くないから毒味もいらぬ」

嚥下《えんげ》した義宗帝が笑顔でそう言い、翠蘭は仏頂面で即答する。

「陛下、死んでないでしょう……」

そう——翠蘭は義宗帝を殺していないのだ。

義宗帝の亡骸が見つからなかったのは当然である。死んではいないのだから。川に落ちて、そのまま水に紛れて隠れ潜み、岸辺に泳ぎ着き、先に後宮に戻るとよりにもよって水月宮にかくまってもらっていたのである。

いわく——「水月宮は宮女ひとり、宦官ひとりなので、秘密裏に入りやすかったから」とのことだ。後宮のなかでどの宮がかくまってくれるかというと、たしかに水月宮一択になるのはわかっているが、それにしても、と翠蘭は思う。

あらかじめ打ち合わせはなされていたのだ。

自分は神剣で貫かれても死なないし、戻ってくると約束された。

水をつかさどることのできる義宗帝は「川の水を練り上げて龍を形成させることができるから」その龍が正気を失ったと感じた瞬間に神剣で貫け——その際に「義宗帝が」龍であり「義宗帝が」死ぬ姿をまわりに見せるが、だまされておいてくれ——正気を失うフリをするから大丈夫だと翠蘭は言い含められていたのだ。

しかし作り上げられた龍は臨場感に溢れすぎていたし、水をどう形成したらあんなに「肉感」のある龍ができあがるのか謎だったし、前足を駆け上がったときの足裏に返ってきた弾力も、神剣で貫いた感触も、なにもかもが「生きて」いたから混乱した。

死に際もあまりにも見事だった。

——皇帝を本当に殺してしまったんじゃないかと怖かったのよ。「最後にあなたを貫くのも、また、その剣だ」という人相見の予言通りのことを、私は、やらかしてしまったんじゃないのかって。

焦燥し、後宮に戻ったところ、明明と共に食事をしている義宗帝に迎え入れられた翠蘭の驚きといったらなかった。

顔を合わせて答え合わせをした結果、義宗帝が龍となったのは真実だったと知らされた。「やってみたら、なれた」というのだから、とんでもない話だ。偽白書を読み解いて「龍の末裔は、血など体内の水を汲み上げて龍になれるのでは、と試しにやってみたら、できたので」だそうだ。

その龍が皓皓党を蹴散らしたのも真実。

船を襲ったのも半ばまでは真実で、あの一瞬、義宗帝は正気を失いかけていたのだという。だから翠蘭は龍から殺気を感じたのだ。やらないと、やられると察知したから、迷うことなく身体が勝手に動いた。

　翠蘭が神剣を龍の胸に突き刺したのも真実。

「私は、最後の瞬間に、急所を外しました。ぎりぎりで我に返って、手加減したんです。それに、もともと陛下は、神剣で貫かれても死なないって言ってたじゃないですか」

「わかっているよ、我が剣」

「陛下を信じていなければできないことでした。陛下と玉風が読み解いた偽白書の知識を信じなければ。――もし死んだら、どれだけ私が傷つくと思ってるんですかっ。こんな無茶なことを信じさせるなっ」

　本当に無茶だ。成功する根拠のない無茶な計画すぎた。

　しかし義宗帝は翠蘭の抗議を幸せそうに聞いているのである。

「そなたのことが愛おしい」

　挙げ句、返ってきたのはそんな言葉であった。

　円卓を囲んでいた妃嬪たち全員が口を閉じ、沈黙した。そして顔を見合わせ、今度は一斉に翠蘭のことを見た。

　翠蘭の耳元で「ぼっ」となにかが着火する音が聞こえた気がした。顔が火照って熱い。なにもかもが熱い。自分が真っ赤になっているのは、見なくてもわかる。

「意味がわからないっ。話も通じない。私は陛下のことなんかっ」

――好きじゃないと言えればよかったのに。

悔しいことに好きなのだ。

こんなに変わった、意思疎通の難しい、龍の末裔のことが好きなのだ。

無言になって固まった翠蘭に、義宗帝はさらに甘ったるい目になって、笑いかける。

「そなたが私を嫌いであっても、私を殺してしまったら傷つくそなたのことが、とても愛おしい。そういうそなたの資質を私は得がたく、美しいものだと感じている。でも、案ずるな。もう二度と私のことを殺させたりしないから」

「陛下はもっといろんなことを案じてください」

翠蘭は目の前の皿から馬蹄餅《マーティガオ》をつまみ、義宗帝の口に勢いよく突っ込んだ。

無礼な行為である。が、義宗帝は目を白黒させながらも、とても嬉しそうに口に入れられた馬蹄餅を食べている。馬蹄餅は、祝い事のときに食べる縁起物のお菓子だ。シログワイの実である馬蹄を粉にしたものを砂糖水で溶いたものを漉《こ》して、よく混ぜて、蒸し上げる。半透明の金色が美しく、食べると、ねっちりとしながらも、もちもちとした食感がおもしろく、美味しい。

義宗帝の様子に、妃嬪たちはみんなくすくすと笑いだす。以前ならば、ここで笑い声を発することはできなかった。恐縮してうつむいただろうから、妃嬪たちと義宗帝の心の距離はずいぶんと近しいものになっていた。

「もちろんだ。私はさまざまなことを案じている。そなたたちが余計なことを案じないですむように」

胸を軽く叩きながら馬蹄餅を飲み込んで、義宗帝が話しだす。

「——ところで、皇后が夏往国に辿りつくのはあと十日後だ。長く見積もっても十四日。皇后の船は、水の加護を得て無事に辿りつくであろうこと、この私が保証する。それまでにやるべきことをしておかなくてはならないね」

義宗帝の切れ長の目が淑妃に向けられた。

「まず、私は〝公には〟死んだ。ゆえに、後宮は解散される。妃嬪たち、宦官たち、宮女たち、全員に禄を渡すから、各々がこの後を好きなように生きていけばいい。ただし、何名かの妃嬪たちは私を手伝ってもらいたい。淑妃——そなたには新しい国を作ってもらおう」

「……はい」

淑妃はそう言われることがわかっていたというように微笑んでうなずいた。義宗帝もまた神秘的で美しい微笑みを返す。

「そなたもまた龍の末裔である。——という噂が皓皓党の反乱によってこの国に広く流布された。この場合、末裔であっても、なくても、どうでもいいのだ。広く流布されたのだからそれを利用しよう」

それに淑妃は皓皓党との戦いで、とても勇ましかったと義宗帝が続けた。

「旗を持って戦場を走り、そこに龍が訪れて、倒したのは昭儀だとしても淑妃の目の前で私という龍が刺され、倒れただろう？　万が一、私と淑妃が同族の龍であったとしても、淑妃を汚した忌まわしい龍にそなたは挑み、無事に討ち果たしたのだ。儚い風情の美女が、先頭に立って勇ましく戦った姿を人は好むし、そなたを哀れむ者をこそ此度は利用する。そなたは新しい国の象徴になり得る」

言っていることを全員が頭のなかで吟味した。無言の妃嬪たちを見回して、義宗帝は淡々と告げる。

「これから時機を見て、偽白書という、代々の龍が書きしるした記録を民びとたちに開示する。文字が読めないものにも伝わるように、新たな神話も作っていくつもりだ。偽白書を信じるならば、華封の初代の龍は乙女であった。ならば、私たちが今から作りあげる国の初代は、乙女でいいのだ。龍の末裔である淑妃が〝皇后不在のあいだに〟新しい国を作ったところで問題もなかろう」

「……問題は山積みでございましょう。また戦を起こすのですか？　華封国が完全なる独立を果たすというのでしたら、次は夏往国との戦いになりますよ。たとえ陛下が龍となって戦ってくださるとしても、民が死に、里山の村が廃れます。そのようなこと、私は求めていないわ」

義宗帝がなんらかの力で「龍となれる」というのはもう既定の事実として認識されてしまっている。龍から人に戻った姿を、多数の人間が見てしまったのだから、仕方ない。

しかも淑妃はあの場にいたのである。

淑妃の異論を義宗帝は笑顔のまま聞いている。

「夏往国との争いにはならない。他の国とも争わない。私は、龍の力と、この国の始祖の龍が封印されたのと同じ呪法を使い――華封国を鎖国する」

――鎖国⁉

その場にいる全員が顔を見合わせた。

「鎖国って……どういうことですか？」

最初に声をあげたのは翠蘭だった。

「他国の誰も我が国に入ることを許さず、我が国の誰もが他国に出ることを許さず、国を閉じる」

平然とした顔で義宗帝が答えた。

「そんなこと可能なのですか？」

淑妃が疑り深げに聞いた。

「偽白書に、龍を閉じ込める方法、封印する方法は細かく記載されていて、研究されているのだ。いまだに国にかけられた呪いを解く方法は見つかっていないが、逆に言えば、封印の強化は可能である。後宮のあちこちで、龍の乙女の呪いの力を逃すために作っていたというほころびを継ぎ、後宮と丹陽城、南都を起点とし、川と海に沿う形で華封を閉じる。道術の理論と、私の龍の力があれば、可能であろうと、玉風と話しあってその結論に至った」

義宗帝が玉風に顔を向けると、玉風が強ばった顔で「はい」とうなずいた。

「後宮に陰の気が満ちて幽鬼がとらえられているのと同じに、華封の大地に幽鬼が溢れることになるが、そこはどうせ多数の人びとは〝見え〟ないのだから、それでいい。ただし、長く居着いた幽鬼が悪霊となって祟ることもある。悪霊退散のために私は各地を放浪し、生きている限り、幽鬼を祓い続け——祓うための術である道術、仙術を人々に学ばせて、資格をもたせる」

自分が龍になれるのだから、華封を閉じることもできるだろう、と。

皇帝は奇怪な理屈をこねている。

しかし、実際に、義宗帝が龍になったのだから、ありとあらゆることができるのではないかという説得力があった。

長きにわたりずっと爪と牙を研ぎ続け熟考をしてきた龍が思いついた奇策は、途方もなく——それでいて痛快であった。

それでうまくいくかどうかはさておいても、のってみたいと妃嬪たちが思うほどに。

「ただしここは不浄と陰の気の源となるため、華封国の中で遷都をし、城も廃する。淑妃の新しい城は、吉祥と福を得られる清浄な場を見繕い、ゆっくりと建築していけばよい。時間はたくさんある――と言いたいが、人の生きていく時間は長くても百年。それでも、なにもしないで手をこまねいて朽ちるより、悪あがきであっても、なにかをやってみたほうが気持ちがいい」

気持ちがいい、と、本当に、心地よげに義宗帝が微笑んでいる。こんなに晴れやかな顔をしている義宗帝を見たのは、もしかしたらはじめてかもしれなかった。

思わず見惚れてしまうくらいの清々しい様子であった。

「鎖国をするという施策は事前に民びとに伝えておく。国を閉じるときに、間に合わず、ばらばらになって二度と会えない家族や民びとも出てくるだろう。淑妃には、彼らに憎まれる役目を担ってもらうことになる。――どうしようもない。万人を満足させることはできない。それでも私は、私の信じる道を辿る。とはいえ淑妃にも選ぶ権利はあるのだ。断られたら別な策を立てるが……」

「担いましょう。だって、私、なんとかして後宮で、皇后さまにとってかわろうと思っていたんですもの。それが、皇后さまではなく、陛下のかわりがつとめられるなんて、嬉しいわ」

淑妃が微笑んだ。彼女の微笑みもまた、春の日だまりのような、ふわふわと優しく、心地よげなものだった。

　鎖国とか後宮解散の話をしているとは思えない。

「幸いなことに我が国は資源に満ちている。国外と貿易はなくても国内の産業のみで経済はまわる。といっても商人たちは利にうるさい。しばらくのあいだ特別に税を軽くすると伝え、一部の商人の合意はすでに得ている。そうしているうちに内需のみで経済がまわる試算はついた。――この先の課題もひとつひとつ乗り越えていくつもりだ」

　義宗帝は淡々と説明する。

「玉風には、陰陽と道術、仙術の解明と学術書の作成に、教育機関の設立と普及をやってもらう。あとで陸生という官僚と引き合わせる。あれはできる男だ。教育機関について、共に尽力してもらいたい」

　玉風とのあいだでこの問題は話しあってきたのだろう。玉風はあっさりとうなずいたし、義宗帝もそれ以上のことを言わなかった。

「花蝶と銀泉は、よく考えて、この後のことを決めてくれるといい。雪英と明明は、昭儀と話しあって決めることがあるだろう。それで太監は……」

　太監はこれまでずっと、同じ卓に座りこそすれ、微動だにしないでただひたすら義宗帝の話に聞き入っていた。

「太監には、ずっと私に仕えてくれたことに礼を言う。大儀であった。そなたももう自由だ。いままでのそなたの忠信に見合うだけの禄を渡そう。そなたの故郷は、たしか……」

けれど太監は義宗帝の言葉を途中で遮った。

「ここでございます。陛下」

「……ここ、とは、どういう意味だ」

義宗帝が不審そうに眉根を寄せた。

「陛下のお側がいまとなっては奴才の故郷でございます。奴才は、ずっとあなたのお目付役をして参りました。仕事からも、妃嬪の相手をする龍のつとめからも逃げまわる、気まぐれな龍を捜しまわって、後ろを追いかけて年を取ったのです。いまさら、遠くにいけというのは殺生なことでございます」

義宗帝は「む」と変な声を出した。翠蘭が、義宗帝に思いもよらぬことを言われたときに発する声に、よく似ていた。

「奴才のこの指が曲がっているのは」

と、太監が右手の指を掲げて、見せた。

太監は痩せた、長身の宦官である。腕も指も枯れ枝のように細い。その小指がおかしな方向に曲がってねじれている。

「当時の上長に杖刑を受けたせいでございます。手を打たれて、骨が折れました。そのあとは、もとどおりにはならず曲がったままでございます。それでも、指だけで済んだのは、たまたま通りかかった陛下が、気まぐれに奴才を助けてくださったおかげでございます。そして陛下は奴才を、引き立ててくださった。そのときの恩を奴才はずっと覚えているのです」

「恩と呼ばれるようなことはなにひとつ与えておらぬ。そなたがよくつとめ、私に尽くしてくれて、有能であったからこそ私はそなたを引き立てた。それだけのことだ」

義宗帝の言葉を、太監は「いいえ」ときっぱりと否定した。

「奴才にとっては、それだけのことではございませんでした。陛下がどう思っていらっしゃろうが、奴才の気持ちは、奴才だけのものでございます。私にとって陛下は、常に、お美しゅうございました」

義宗帝は怪訝そうに首を傾げた。ここで美醜が出てくるとは思いもよらなかったのだろう。それは翠蘭も同じである。突然「お美しゅうございました」と言われても、と思った。

が——。

「それがなによりのより所であったのです。貧しく、帰る場もない宦官の身で、奴才は、後宮になにかひとつくらい美しいものを見出さねば、膝を屈してしまいそうでした。ここはそれほど厳しい場所でした。ですが——奴才が誰かにだまされることがあっても、奴才は誰のこともだましたくないと思っていたのです。打たれることがあっても、無駄に誰かを打つこともしたくないと思っていたのです。そこにあなたさまが現れて、奴才に手を差しのべた」

太監は兎のように優しげで、穏やかな顔で義宗帝を見つめ、続ける。

「後宮で宦官となるまでの奴才の暮らしは薄暗く、惨めでした。どうしたって、うつむいてばかりの私の前に現れたあなたは、お顔もお姿も尊く美しかった。はじめは、ただただ、あなたのそのお姿に心打たれ、尽くそうと思ったのです。空にひかる星のように、あなたさまがそこにいて輝いてくだされば、私はうつむかずに生きていけるから。あなたさまがそこで輝いていらしてくださったから、奴才は、あなたさまに忠誠を誓い、賄賂にもなびかず、他者を貶《おとし》めず、誰のことも理由なく鞭打たず、清廉でいられました」

義宗帝が珍しく動揺を顔に表した。呆気に取られている。

「顔が美しいというそれだけで、そなたは私に忠節を誓うことを決めたのか？」

「はい」

「中身も知らずに？」

「はい。後に、お姿だけではなく中身も美しいお方だと知ることができて、幸せでございました」

太監がにっこりと笑った。

「そもそも奴才は陛下のお側にいとうございます。奴才は陛下がそう信じておられるよりずっと深く陛下をお慕いしているのですよ。奴才はあなたが実は思慮深い龍でいらっしゃることも、実はお強くていらっしゃるのにそれを隠していらっしゃることも、存じておりました。この年寄りに、いまさら、離れろとはおっしゃらないでください」

切々と訴えられ、義宗帝が「そうか」とうなずいた。

「はい。ときどき行方知れずになるあなたを追いかけまわすのが、奴才の楽しみだったのです。どうしようもない龍だと嘆きながら、奴才はあなたさまに尽くすことを生き甲斐としておりました」

「……そうか」

義宗帝の目に、そのときふいに涙がひかった。

たった一滴。

龍が涙を滲ませ、泣いた。するすると流れていく涙を自らの指先で拭い、義宗帝は、どうしようもないというように苦笑した。

「わかっていたよ。太監に愛されていることは、もうずっと私はわかっていた。ならば、そなたは私の側にいておくれ」

「はい。ありがとう存じます」

拱手する太監を妃嬪たちは神妙な面持ちで見つめた。

沈黙の後、義宗帝が再び口を開く。

「それで昭儀は——私が昭儀についていくから、好きなところに向かうといい」

ぽいっと投げ捨てるくらいの気安さでそう言った。太監に対しての神妙さとはうってかわってずいぶんと乱雑であった。

「……ついていく？　私が陛下についていくのではなくて？」

翠蘭は、ぽかんとして聞き返した。

「そうだ。そなたを自由にすると決めたのだから、そなたは華封の好きなところにいけばいい。ただし私はそなたを愛しいと思い、生涯を共にすると決めたので、そなたのいくところどこにでも、追い払われても、ついていく」

絶句する翠蘭を見て、場にいる全員が爆笑した。

新たに帝が立った――と、民びとたちが知らされたのは、反乱を制した三日後だ。

新帝は女帝であると民びとが知ったのはさらに二日後だ。

女帝はかつては後宮で淑妃としてつとめていた馮秋華。南都で即位礼の式典を設けたのはさらに翌日で、淑妃はかつて輿入れのために青い絨毯を敷いて通った順貞門《じゅんていもん》を、象に乗ってくぐり抜けた。

集まっていた民びとたちは「象に乗った美しい女帝」に度肝を抜かれ、その美しさと奇抜さに興奮し、目も口も丸く大きく広げ見上げていた。

まだ義宗帝の喪に服しているから、淑妃は白い襦君に白い領巾を羽織っている。髪飾りも歩揺も銀と真珠の加工のものでまとめている。色をおさえた出で立ちが美貌とあいまって、月から舞い降りた仙女のようであった。

「なんて綺麗なお姫さまなんだ。でもあんななのに、あのお姫さまは皓皓党をやっつけたんだろう？　火を出す仙術を使ったたって聞いたぜ」

「だいたい、乗ってるあの生き物もなんなんだい。あれが龍か」

「馬鹿。龍はもう退治されたんだよ。あれは象だ」

翠蘭は男装して帯剣し、護衛として象の横を歩いていた。

人びとが言い合う声が耳に入ってくる。

「それでもって今度はあのお姫さまが、うちの女帝になるって……なあ、女帝ってのはどういうもんなんだろうな」

「いままでのなんにもしねぇ皇帝よりゃあ、いいだろう。悪くなることもないだろう」

――これからだ。

淑妃も事前に言っていた。判断されるのは、これからだ。当面は、上に立つのが男だろうが女だろうが本気の文句は飛んでこない。やるべきことをやっていくうちに、わかる人は、わかってくれる。

それにしても、と、翠蘭は傍らをどしんどしんと音をさせて歩く象を横目で見やる。毛がない灰色の皮膚。長い鼻。大きな耳。巨大な身体。それでいて優しく小さな目で、注意深く人の話を聞く象という生き物を、後宮が解散されるといういまになって間近で見られることになるとは。

その象と共に順貞門を抜けて外に出ることになるとは。

――人生って、わからない。

象がぶらんぶらんと鼻を揺らし沓を履く足裏が地面を蹴る様子に、翠蘭は感慨深いものを感じた。

つかの間、ぼんやりしていたのだ。

気づけば、群衆のなかから少年がぱっと前に飛び出してきた。翠蘭の身体は強ばり、腰の剣に手がかかる。

けれど、象の上に乗る淑妃が笑顔で「猪児」と少年の名を呼ぶから、柄に手をかけたまま様子を窺った。

駆け寄ってきた少年は、淑妃に名を呼ばれ「覚えてくれてたんだ。俺のこと」と感極まった目をしている。

「もちろん覚えているわ。私はあなたの近くの家で暮らしていて、父親と一緒に私の家に来て読み書きを教わっていたわね」

「そうだよ。昔、あんたに紙鳶を作ってもらって――これ」

と、猪児は懐からくたびれた紙鳶を取りだし、掲げて見せた。

「持っていてくれたのね」

象の上で淑妃が応じる。

まわりに集う人びとが「なんだ」「どうした」「知り合いだったとかって」と小声で言い合いながら、身を乗りだした。

翠蘭は、近づいてくる人びとを遠ざけるために象の首をとんとんと二回叩く。象は、ぱおーんと聞いたことのない鳴き声をあげ、鼻を振り回した。人びとは叫び声をあげ、淑妃と猪児から遠ざかり、縮まっていた人の輪が広がった。

「当たり前だよ。ずっと大事に持ってたよ。だって秋華は〝見上げましょう〟って言ってたからさ。俺が空を見上げてるとき、あんたもきっとどこかで空を見上げてんだって思ってたよ。そうしたら星が流れて」

星が流れて――皇帝が失墜し皇后は去って――。

「あんた龍の末裔だっていう噂、本当かい？　なのに後宮に嫁がされて、それで呪われたっていうのも本当かい？　火を使うっていうのも？」

ざわっと人びとがざわめいて、翠蘭は警戒し身を固くした。しかし淑妃は動じず、美しい笑みを浮かべた。

淑妃は宦官たちに指図をし、象からゆっくりと降りる。護衛をするうえで、そんなに気軽に象から降りられるのは困るのだけれど、淑妃はすでに女帝の貫禄を身につけていて

「こうと決めたら、それをやる」覚悟があった。淑妃が象に乗りたいというなら乗るのだし、降りたいというのなら降りるのだ。まわりの者は彼女に付き従って、彼女の命を守るだけ。

――玉座に座るべき人材は、最初から、そういう性格っていうことなのね。

人々が固唾をのんで見守るなか、淑妃が、すとんと地面に降りたって、猪児の肩に触れ、その顔を覗き込む。

なにかひとつ負荷をかけ違えると割れてしまう薄い氷の上にいるような緊張感があった。これという言葉を伝えなければ、人びとは淑妃に手のひらを返してそしりだす。人の心は、あやうく、たやすい。ちょっとしたことで民意は覆る。

「私は龍の末裔だったようだけれど、自分ではよくわかっていないわ。後宮に嫁いだけれど、真実は、清らかなままよ。それを証言してくれる者は誰もいないとしても、私は、私の真実を知っている。私は龍を倒し、龍に選ばれた。私が戦う姿を、宦官と宮女たちが見ているわ」

淑妃は、紙鳶を持つ猪児の手を包み込み、ふわりと笑った。

「違うんだ」

と猪児が言った。

「違うんだ。俺はあんたを責めてない。聞きたかっただけで。俺はさ、ただただ、あんたが不幸だったら、助けてあげたいと思って祈ってた。だから生き残って……いまはこんなふうに象なんてものに乗っちゃって……よかったなって」

猪児は鼻をすすって泣きだした。

「国のことなんてわかんないけど、知ってる人ひとりとか、ふたりとかが笑って暮らしてるならそれがいいんだ。だから、よかったなあって」

「そう。——ありがとう。私も猪児がこうやって、生きていてくれて嬉しい。泣かないで。笑ってね」

猪児の頬の涙を淑妃が白い領巾で拭いた。

「うん」

「猪児、私、歩けるようになったのよ」

「うん」

「走れるようにもなったの。少しだけ」

「うん」

ひとつ言うたびに猪児がうなずいて——淑妃は猪児と同じ場に立ち、寄り添い、笑いかけていた。慈しみに満ちた目は、上から下に注がれるものではなく、並び立つ者としての優しさだと人びとには伝わった。

ふたりの声は小さくて、それを聞き逃すまいと、人びとは沈黙し耳をそばだてた。

くしゃくしゃの顔で「うん」と猪児がうなずく姿に、人びとの目が潤んでいく。

「女帝になったけど、私は、紙鳶を作って飛ばしたときの気持ちを忘れはしないわ。もし私が忘れかけていると思ったら、ちゃんと言いにきてね。私は南都から離れ、違う都を作るけど」

「そうなの？」

「ええ。新しい城を築くの。新しい国を作るの。もうこの国は華封ではなくて、龍塞国《りゅうさいこく》になるの。龍ではなく、人が――女の私が治める国になる。これからその話をするための即位礼にいってくるわね」

気安い口調で、告げる。

「うん」

宦官が淑妃をうながし、淑妃は再び象に乗る。翠蘭が淑妃を支えるために寄り添うと「星は私に味方している」と淑妃がほっと脱力し、小さくささやいた。


そうして――。

妃嬪、宮女、宦官たちが次々に門の外に出ていって無人となった後宮である。

叢雲が空を覆う夜だった。

無人の後宮は篝火も灯明《とうみょう》もなく、ひたすらに暗い。

いまだに男装姿で神剣を抱えた翠蘭は、玉風と、姿を偽って女装をしている義宗帝と並んで、ときおり雲の狭間から薄く地上を照らす月明かりだけを頼りに後宮の大路を歩いていた。

義宗帝は、嫌になるくらい女装姿がさまになっていた。安っぽい衣装を身につけさせてもきらきらと輝く美女なので、目立って仕方がないから、頭巾をかぶせる始末である。

「皇帝でなくなったのに自由が利かない。見つかってはならないと夜にしか出歩けないのは、遺憾である」

義宗帝が文句を言い、翠蘭が「美しすぎるからです。我慢してください」と返事をする。昨今、ふたりはこういう会話をくり返している。

皇后が旅立って十四日が過ぎていた。

「そろそろ皇后さまが夏往国に辿りついて、おっつけ、鎖国の話も伝わるのでしょうね。他国が手ぐすねひいて、この国に乗り込もうとしてくると思うのですが――」

「案ずるな」

聞き慣れた返事に翠蘭は肩をすくめた。

「はい。なんだか、もう、案じることはやめました」

――なにをどう案じようと、陛下はすべてを考えて、やりたいことを成し遂げてしまうのだから。

しかし今度は、

「……そう言われると少し寂しい」

とうなだれてしまうのであった。

「面倒くさいなっ」

義宗帝と翠蘭のやりとりを玉風がくすくすと笑いながら聞いている。


——かくして龍の乙女は水底に沈み、その後も龍たちは水の霊力を以て民を守り給うた

——


義宗帝は偽白書の一節を信じ、これから、鎖国をするのだという。

鎖国をするってなんだと思って聞いていたが、聞いても理解できなかったので「だったら見届けるといい」とその場に立ち合うことになった。

いまから義宗帝は、龍の霊廟が建つ島にひとりで出向き、そこで龍となって池に飛び込み、池の水を覆すらしい。

呪いのほころびを補修するのではなく、呪いを補強し広げることで、この国は囲い込まれ他国から閉ざされる。

——たしかにもう、聞いたところで、わからない。

「龍の乙女は最期にこの国を呪った。けれど、彼女の子と、一部の人びとは、呪われたとしても、龍の乙女を愛した。漁夫辞の屈原の歌が残っているのが、その証だ。宰相をはじめ貴族たちに裏切られ封じられた龍の乙女を、民びとは、哀れに思い、愛したんだ。だから――漁夫辞と龍舟の神事が華封全土に残されたのだ。人が皆、龍の乙女を裏切ったわけではない。龍の乙女も――歴代の龍も――きっとそれを知っている」

というこれは、私が勝手に思った解釈だと、義宗帝がはにかむように笑って、言った。

なぜここでそんなふうに照れてみせるのか、さっぱりわからない。が、それが義宗帝なのである。

「偽白書の記述をそのまま読むと〝かくして龍の乙女は水底に沈みその後も水の霊力を以て民を守り給うた〟だ。遺された者は、彼女に守られていると思いたかった。それは、私もだ。私は歴代の龍の力で呪われるのではなく、守られることを願う。道士たちの封印の呪詛に龍の乙女が、我が身を犠牲にして呪詛を返して、水底に沈んだ。ならばこそ、私も、我が龍体を神剣に貫かれ水底に沈み――龍の乙女の呪いを、いま一度、覆し、返す。呪いを――守護に」

「理屈がまったくわからないんですが」

翠蘭が困惑するのを見て、義宗帝が小さく笑った。

「私も道術の理屈はわかっていないのだ。ただ、どうということでもなく、龍は皆、人を愛した結果、この国に呪われ、囚われたのだろうというそれだけは、実感している。呪いを返すことで封印に――玉風に言われたことをやり遂げるだけだ」

龍の霊廟につながる橋が見えてきた。

一本道の橋が淡い月の光に照らされ、白く浮かび上がっている。

橋の先の門のあいだにあるのは漆黒の闇。

まるで異界の入り口だ。

「愛は呪縛でもある。愛しさを覚えることは、美しい祝福だが、呪いでもある。私はもう昔のように自由ではなくなった。龍たちは皆、人に、囚われた。決して、悔やむことはないけれど――」

義宗帝は少しだけ寂しい顔をして、まだ、翠蘭にはわからないことを言う。

愛ははたして呪縛だろうか。

「偽白書にくり返されてきたのは龍たちの試行錯誤のしるしであり、呻き声だ。もしかしたら私の読み取り方は間違っているのかもしれないが――正しければ、この鍵は、開く。いや、鎖国するのだから閉じるのか」

どちらにしろ、今宵、鎖国できなければ後のことは私が身を尽くしてそなたたちを守護するから案ずるな、と、案じなくてはならないようなことを義宗帝は笑顔で告げた。

「呪法ができなかったときは、仕方ない。私が龍となり戦って国境を守護する。できればそうではないほうが美しいが」

「美しさなんてどうでもいいですよ。やっぱり私、陛下のことを案じます。なにまた危ないことをしようとしてるんですか。ついていきます。龍の霊廟に入ると、普通の人は具合が悪くなるけれど、でもっ」

くってかかった翠蘭の唇に、義宗帝のひんやりと冷たい指があてられた。

「身を挺してでも守りたいものがあることの美しさを、私に教えてくれたのは、そなただったよ？　そなたはいつも人を守るために飛び込んできた。呪いにおいても、祝福においても、問題なのは美しさだ。そうだろう、玉風」

玉風に問いかけると、

「はい」

玉風が重々しくうなずいた。

いつでも義宗帝との会話はすれ違うのだ。彼は言いたいことしか言わないし、自分の思ったことをやり遂げる。皇帝でなくなったとてその性格は変わらない。

義宗帝は翠蘭の唇から指を離し、首を傾げ、橋の前に立った。

「できるかどうかは関係のないこと。やるべきことを、やるしかない。私は、龍たちの力をもって、この国の呪いを広げ、封印し、守る。そなたたちはここで待っていてくれ。成し遂げたなら、それが見えるはずだ。天と地の水が覆り、龍が空に放たれる。ここに眠るのは死した龍の魂だとしても、神剣があればそなたには見えるだろう」

神剣があれば見える。

それだけではなく、神剣があれば正気を失った龍も殺せる。

「……陛下が正気で帰ってこなかったら殴ります」

低くうめくようにつぶやくと、義宗帝が「わかっているよ。泣かせるようなことには、ならない」と翠蘭の頰を柔らかく撫でた。

背中を向けて、義宗帝がひとりで橋を渡っていく。

彼の影が足もとから後ろに細長くのびる。

コツコツという足音が遠ざかり、門の奥に吸い込まれ、闇に溶けるように姿が見えなくなった。

どれだけ待っていたのだろう。

ふいに——世界が破裂するような音がして、巨大な水柱が立ち上がり、月に目がけてのぼっていった。

途端、見上げた翠蘭の目の前で、天と地が覆った。

雲であったものが頭上で砕けて散って、水滴となって翠蘭の足もとめがけて降り注いだ。

浮いていると見えた雲が、足もとに積み上がって霧になる。

対して、雲に覆われた空が磨かれきらきらとひかりだした。輝くものが渦を巻き、群れ、踊っている。輝いているのはよく見れば銀鱗で、渦を巻いているのは、飛翔する龍であった。

何体もの龍が空を飛んでいる。

思わず側にいるはずの玉風の腕をつかむが、玉風は「なんでしょうか」と不思議そうな声を出すだけであった。

「嘘でしょう。玉風、龍よ。見えないの？」

「龍ですか？　どこにですか」

「霧が深いけど空だけがあんなに明るくて」

「霧ですか？　霧なんて……ないですよ」

――見えないのか。

こんなに美しい光景が。

呆気に取られて首が痛くなるくらい頭上を見上げているうちに――龍の群れは四方八方に散り散りに飛んでいった。

その龍が四方の国境に向かい――すべての河川と海の水底に沈み――国を守護し、人や船の往来を妨げる深い霧の幕を空と水面のあいだに降ろし――無事に鎖国が成されたということを翠蘭が知ったのは、その後のことである。

＊

龍が空に昇って、ひと月。

気づけば蟬の声がしていた。

うだる夏の空気に人びとは倦み、ただ蟬だけは残り少ない命を投げだして羽根を震わせうるさいくらいに鳴いている。

女帝が立ち、国が変わり、遷都がなされ、華封であった国は鎖国する。

淑妃と義宗帝が無理やりに進めるすべての政策に人びとは呆然としているが、時は過ぎていく。

翠蘭は、義宗帝と明明、雪英に、太監という、こうなってみるとなんとも不思議なみんなと共に連れ立って船に乗っていた。翠蘭と明明を育ててくれた于仙を訪ねて泰州の山奥に向かっている。

新しい国では船に乗っている限り、川にも風にも恵まれて、旅路はいつも安全である。

これが龍の加護ゆえのものだと知っているのは翠蘭の仲間たちだけだ。

——あなたはいつか得がたい剣を手に入れる。そこからはじめてあなた自身の人生がはじまる。

ひとつの国を滅ぼし、ひとつの国を救う。

あなたの剣はあなたを救うが、最後にあなたを貫くのも、また、その剣だ――


人相見の予言通りの顚末である。

義宗帝は剣を手に入れ、新たな人生をはじめた。

国がひとつ消え、新たにまた国がひとつ生まれた。

船縁で遠くかすんでいる陸地を見やり、翠蘭は横に立つ義宗帝に文句を言う。

正直に言うと、いまだにすべてに納得がいっているわけではないのだ。翠蘭には見えていない真実が多すぎたし、えんえんずっと義宗帝に指示されたことをこなそうと努力した結果、右往左往して手のひらの上で転がされていまに至っている。

――計画はなされていたし、義宗帝には強引に成し遂げられる力量があったとはいえ、大事なところは運頼み。

星が味方していると翠蘭に告げたのは淑妃であったが、なにもかもが「星の味方がなければ」成し遂げられないぎりぎりの出来事であった。

「国がひとつ閉じられることになり、誰も辿りつけない霧深い幻の国がひとつ生まれるって、どんな結果ですか」

ぼやきみたいな声が出て、義宗帝は「またそれか」と笑う。

「だって、うまくいったのもぎりぎりだったじゃないですか。運頼みっていうか」

「うまくいかなかったときには、次策も考えていた。ただし、すべては運ではなく、人の心頼みであったよ、我が剣」

「人の心？」

「星が流れたし、龍が姿を現したし、それを倒した美しい乙女がいたから、人の心が次の未来を夢見ることになった。狂乱を生みだすための計画は、すべて綺麗に整っている。私は運ではなく、人の心を利用した」

「そう……ですか？」

いまひとつ理解はできないが、義宗帝はいつものように綺麗な顔で笑っている。

ただし、本当に心の底から楽しくて笑っているようだったので、翠蘭はもう文句を言うのはやめることにした。

「なにもかもが、うまく転がるときには転がるし、だめなときはだめになる。成し遂げたのだからそれでいいではないか。私もそなたもたぶんとても運がいいのだ」

――いいのかもしれない。

少なくとも翠蘭の知る全員が、みんな、各々の願う場所に向かって歩きだすことができたのだ。

——国のことなんてわかんないけど、知ってる人ひとりとかふたりとかが笑って暮らしてるならそれがいいんだ。だから、よかったなあって。

猪児が、淑妃に向かって放った言葉が脳裏に蘇る。

あれは真実の、生きた言葉であったと思うのだ。誰が放った美しい理想より、鋭く、深く、翠蘭の胸に食い入った。

真心をこめてみんながそう願っていけば、美しい国ができるのではないかと感じたのは——翠蘭がお人好しだからなのかもしれないのだけれど。

翠蘭は納得し、話題をかえる。

「なんだかあっけないですね。龍の姿を見られる人は限られているし、どうして鎖国されちゃったのかを知る者もいないのに、国境がすべて霧に包まれて、誰も行き来できなくなっちゃったっていうんですから。呪術って、すごい力ですね」

他の国に出入りすることは、できなくなってしまったらしいのだ。

ということは皇后も春紅も、もう華封——あらため龍塞国には二度と足を踏み入れられないことになる。

おそらく他国にとって、これ以降、龍塞国は幻の国だ。

今後、華封の神話と伝承は新たに建った龍塞国で語られることになるが、龍塞国の女帝も、人びとも、そこで暮らす全員が外界から閉ざされ、他国においては伝承の国となるのだろう。

「何が起きたのかわからなかろうと、そうなってしまえば、人は従う。人は呪術について理解しないまま、受け入れる。それに、そなたが理解していなかろうと、この後、呪術を学ぶ者が増えていくにつれて〝わかる〟者が増えて、解明されていく。偽白書の、私たちが読み解けなかった歴史も、機微も、誰かが読み解いていくのだろう」

義宗帝は地上を目をすがめて眺めながら、続けた。

「私も、続きをいつか書こう。後につながる者たちに読み解いてもらえるように。読まれるかどうかはわからなくても夏往国に旅立った皇后と、我が子にも、大儀であったとしるすつもりだ。龍として、皇后を愛しく思い、感謝していた、と」

「だったらもっとわかりやすい史書にしてください」

思わず言った翠蘭に、義宗帝は片頬だけで笑ってみせた。

「案ずるな」

「案じますってば。まったく、あなたは」

はじまったふたりの他愛のない言い争いを、川を渡る風がさらっていった。

終章

夏往国の果てがいつも霧に閉ざされるようになったのは、芙蓉《ふよう》皇后の船が国に辿りついてからのこと。

夏往国だけではない。

どの国も華封国と行き来することができなくなり、華封国は完全な異界となった。

――この子が腹のなかにいた頃、私はあの国に暮らしていた。

大河のむこうの国境の、乳白色の霧のなか――芙蓉皇后は幼い我が子を抱えて佇んでいる。

「芙蓉さま、危のうございます」

共に船出をし夏往国についてきた宦官の春紅が、慎み深い声でそう言った。

龍塞国との国境を歩くと、人も、獣も、方向を見失う。まっすぐ前に向かって歩いているつもりで、ぐるぐると同じ場所を惑い、気づけばいつも出発をした地点に戻ってきてしまうのだ。

華封国が鎖国をするという知らせは、淑妃から先に届いていていた。

が、鎖国などできるものかと他国の者たちは笑っていた。

夏往国の者たちも「なにを馬鹿げたことを」と相手にしなかった。


——なのにあの龍は成し遂げた。


義宗帝は、そういう龍であったのだと芙蓉は思う。だから愛した。だから子を成した。

そして自分は子を産んだ。

男の子だ。

義宗帝に面差しの似た美しい男子である。

「危なくはないわ。あの龍は、あれで案外、優しいのよ。無駄な殺生はしない。この霧は人も獣も惑わすことはあっても殺しはしない」

相手が望まないことをしない龍だった。

芙蓉は腕のなかで微睡《まどろ》む我が子に語りかける。

「この霧の向こうに、国がある」

国があったのだと、思う。

しかしいまとなってはもう夢のように儚く、不確かな思い出でしかなかった。あそこで生きてきた日々は遥かに遠く、子を抱いて育む日々が、自らが君臨していた後宮の記憶を押しつぶす。

「霧に閉ざされた幻の国に、あなたの父である龍がいるのよ」

語りかける声は霧に流れ——吸い込まれるように、消えていった。

主要参考文献

『東京夢華録―宋代の都市と生活』孟元老 著/入矢義高 梅原郁 訳注　東洋文庫

◆この作品はフィクションです。実在の人物、団体等には一切関係ありません。

◆本書は双葉文庫のために書き下ろされました。

双葉文庫

さ-48-06

後宮《こうきゅう》の男装妃《だんそうひ》、龍《りゅう》を貫《つらぬ》く

2025年1月15日　第1刷発行

【著者】

佐々木禎子《ささきていこ》

【発行者】

箕浦克史

【発行所】

株式会社双葉社

〒162-8540 東京都新宿区東五軒町3番28号

［電話］03-5261-4818（営業部）　03-5261-4831（編集部）

www.futabasha.co.jp（双葉社の書籍・コミックが買えます）

【印刷所】

中央精版印刷株式会社

【製本所】

中央精版印刷株式会社

【フォーマット・デザイン】

日下潤一

ISBN978-4-575-52821-3 C0193

Printed in Japan